KB052704

당신의
말이

역사가
되도록

당신의 역사가
말이 되도록

구술을 어떻게 듣고, 기록할 것인가

이호연 · 유해정 · 박희정 지음

코난북스

당신의 말이 역사가 되도록,
당신의 역사가 말이 되도록

말이 넘쳐나는 시대. 하지만 모든 사람의 말이 균등하게 타자에게 전달되고 사회적 인정을 받는 것은 아니다. 성별, 나이, 인종, 장애, 사회적 지위 등에 따라 더 잘 들리고 공식화되는 목소리는 따로 있다. 무엇이 들을 만한 이야기인지를 정하고 판단하는 것에도 정치와 권력이 작동한다. 때문에 가야트리 스피박(Gayatri Spivak)은 '무엇을 썼는가'보다 더 중요한 질문은 '누가 썼는가'이고 더 중요한 문제는 '누가 듣는가'라고 말했다.

우리는 인권의 언어를 만나 사람'들' 속으로 들어갔다. 오랫동안 우리를 사로잡은 이야기는 힘없고 상처받은 사람들의 이야기면서 동시에, 쉽게 삶을 짓밟는 욕심투성이 세상과 맞서 싸우는 '거대한' 이들의 이야기였다. 수없이 부서지면서도 다시 서로의 곁을 세워나가는 사람들은 늘 어딘가에 있어왔다. 사람의 역사에서 그런 이야기는 결코 끊긴 적이 없다. 이전에도 있었고 앞으로도 있을 그 이야기들을 듣고 아로새기면서 우리는 우리의 듣기가 사회적 말하기가 되어야 함을 깨달았다. '비정상'으로 분류되거나 대상화된 채 제대로 들리지 않던 목소리가 세상에 좀 더 잘, 제대로 들릴 수 있도록 녹음기를 켜고, 글을 쓰고, 함께 말해왔다.

하지만 우리의 듣기/함께 말하기가 힘없는 사람들을 '돕는' 행위라는 인식은 결코 맞지 않다. 선한 일이라는 칭찬도 적절하지 않다. 이것은 우리가 무언가를 '알게' 되는 이야기다. 세상은 물론 우리 스스로에 대해 더 잘 알게 되는 신기한 경험이다. 다른 세상이 가능하다는 증거를, 아니 이미 도처에 도래한 미래를 확인하는 일이다.

그러나 사람들의 이야기를 통해 세상을 들여다보는 일은 종종 무력감과 마주하는 일이기도 하다. 어떤 때는 감정을 말려버리는 쪽을 택했다. 하지만 답은 아니었다. 말이 삶을 온전히 담지 못하기에 누군가의 말을 듣고 함께 말하는 일은 늘 두렵고 조심스럽다. 우리의 부족함을 자책하고 좌절하는 시간도 길다. 그러나 말하고자 하는 사람이 있고, 들려야 할 이야기가 있는 한 멈출 수 없음도 안다. 2014년 세월호 참사를 기록하기 위해 만났던 우리가 지금까지 함께 기록활동을 해온 건, 이 무력감과 두려움을 같이 견뎌내기 위해서였다. 듣고, 함께 말하는 일의 무게를 실감하며 같이 씨름하고 길을 찾아왔다.

우리는 그렇게 '인권기록활동'이라는 생소하고도 익숙한 활동을 만들어왔고, 그 시간의 일부를 이 책에 담았다. 우리의 기록활동에 대해 썼지만, 이 책은 기록활동에 대한 책만은 아니다. 누군가의 말을 듣고자 하는 사람, 기록하고자 하는 사람, 말이 역사가 될 수 있도록 고심하는 사람들과 함께 나누고 싶은 이야기를 담은 책이다.

잘 알아서, 잘 해서 쓴 글이 아니다. 더 고민하고 더 배우고 싶어서다. 사람들을 기록해온 우리의 경험 또한 기록해두기 위함이다. 우리 역시 길을 찾다 보니 여기에 이른 것이라, 시작하는 이들이 덜 헤매기를 바라는 마음도 담았다. 하지만 이 책이 그저 하나의 '매뉴얼'이기보다는 묻고, 듣고, 기록하며 함께 말하는 자리의 무게를 실감하며 질문을 확장하는 밑거름이 되었으면 좋겠다.

책을 3부로 구성했다. 1부는 모든 기록의 시작인 기획에 관해 썼다. 왜 지금, 누구를 만나, 어떻게 기록할 것인가에 대한 이야기부터 왜 우리가 우리의 활동을 인권기록활동으로 명명하는가에 대한 이야기가 담겼다. 2부는 인터뷰라는 사회적 대화를 수행하는 방법에 대한 글이다. 구술자와 기록자라는 두 세계가 서로를 만나 초대하고 환대하는 인터뷰가 되려면 어떤 태도와 접근이 필요한지에 대해 적었다. 3부는 글쓰기에 대한 고민을 담았다. 글이 말을, 말은 삶을 따라갈 수 없는 한계 속에서 기록자가 어떻게 구술자의 삶이 품은 맥락을 발견하고 사회적으로 전할 수 있을지 우리가 지금까지 시도해온 방식들을 중심으로 정리했다. 각 부마다 대표 필자가 있지만(1부 이호연, 2부 유해정, 3부 박희정), 각 장 내용은 함께 쓰였다. 글마다 우리 셋의 경험과 생각이 짙게 배어 있다.

그리고 이 책에 적힌 말들은 지금-여기의 우리에게 의미가 있는 것들이다. 오늘 말한 것이, 아마 내일의 듣기와 말하기를 마친 뒤에는 부끄러움이 될 수도 있다. 지난 시간 속에서 우리는 어제의 경험과 기술이 무력해지는 경험을 종종 마주했다. 우리는 그러면서 한 발 한 발 나아갈 수 있었다.

무엇보다 이 책에 담긴 것들은 오랫동안 함께 기록활동을 해온 동료들과 함께 길어올린 경험들임을 힘주어 말하고 싶다. 부족함은 우리 몫이지만 혹시라도 받을 상찬이 있다면 동료들에게 전해져야 옳다.

우리의 기록활동이 늘 많은 이에게 빚져온 것처럼 이 책

또한 많은 이의 노고에 빚졌다. 코난북스 이정규 편집자가 없었다면 이 책은 만들어지지 못했을 것이다. "우리가 마감 하나는 확실하다"는 약속을 3년간 어겼는데 편집자의 끈기로 드디어 마침표를 찍었다. 미안하고 고맙다.

우리가 만난 구술자들은 말하고 기록되면서 위안을 얻었다고 하지만, 실상은 우리가 구술자들을 통해 얻은 것이 더 많다. 귀한 삶의 이야기를 듣고 함께 말할 수 있어 진심으로 영광이었다.

마지막으로 기록활동의 동료들, 수많은 인권활동가들에게 깊은 감사를 전한다. 누군가에게 일어난 일을 개인화하지 않고 기꺼이 함께 길을 찾으려는 그대들이 있어 오늘도 세상에 대한 희망을 놓지 않는다. 늘 곁에서 함께 걷겠다.

2021년 10월

유해정, 이호연, 박희정

차례

1부

기록의 시작,
기획

우리는 인권기록활동가입니다

몇 년 사이에 기록노동자, 마을기록활동가, 시민기록활동가로 자신을 소개하는 사람들이 곳곳에서 생겼다. 아카이빙(기록 수집)에 사회적 관심이 높아지면서 직접 기록에 참여해보려는 사람들이 늘었다는 느낌을 받을 때가 있다. 기록과 관련한 강의에 사람들이 보이는 관심이나 출판되는 기록물이 증가한 데서도 그러한 경향이 어렴풋이 감지된다. 기록하는 사람으로서 반가운 변화다.

　눈여겨보아야 할 것은 기록의 수적 증가가 아니라 질적 다양화다. 기록하는 사람을 지칭하는 말이 다양해진 것은 기록이라는 말에 담긴 의미의 스펙트럼이 그만큼 넓어졌다는 걸 뜻한다. 기록의 목적과 목표, 관점과 태도를 고민하고 그 지평을 넓히려는 시도가 늘었다고 말할 수 있겠다. 우리의 기록도 이 긴 스펙트럼의 어딘가에 자리 잡고 있다. 이 자리는 고정된 점이라기보다는 유동하는 생명체와 같다. 그간 우리가 해온 기록에 대해 말한다는 건 우리가 선 현재를 보여주는 것이고 앞으로 우리가 어떤 기록을 하려는지를 밝히는 것이다.

그러므로 일반적인 구술기록 이야기에 앞서 우리가 하는 활동을 우리 스스로 어떻게 정의하고 어떤 이유로 시작하게 되었는지, 우리가 여러 경험을 거쳐 정한 기록의 원칙은 무엇인지, 왜 인권운동에서 기록(활동)에 주목해 지속해오고 있는지를 밝히면, 비단 '인권'이라는 이름이 붙지 않아도 각자 자신이 선 자리에서, 자기 목적에 따라 구술을 기록하려는 이들에게 참고가 되리라 기대한다. 바라건대 각자 자기 목적에 따라 구술 작업을 하되 그 활동의 바탕과 목적에 인권감수성이 토대가 된다면 더없이 좋겠다. 이제 우리가 해온 인권기록활동 이야기를 먼저 해보자.

우리가 자신을 '인권기록활동가'라고 부르기 시작한 지 7년 정도 흘렀다. 처음 이 말을 떠올린 것은 세월호 참사 유가족들의 목소리를 기록한 『금요일엔 돌아오렴』을 펴내고서였다. 많은 사람이 읽어주길 바라며 책을 썼는데 '읽지 못하겠다'

는 말만 잔뜩 들었다. 유가족에게 연대하는 방법의 하나로 책을 산 사람은 많았지만, 정작 읽었다는 사람은 만나기 힘들었다. 슬픔을 직면할 엄두가 안 나 책을 열지 못하겠다고들 했다. 그런 이들을 만나면서 우리는 기록한다는 것이 무엇인지 다시 고민해야 했다. 용기 내 이 책을 읽는다 해도 '읽기'가 그저 한 사람의 방 안에만 머물고 끝나는 것이라면 우리는 정말 잘 기록했다고 말할 수 있는가. 아니, 우리는 도대체 무엇을 하고 싶어서 기록을 하는가. 질문이 이어졌다.

기록은 '기억 투쟁'이라고도 말해진다. 역사는 사건과 사람(들)에 대한 한 사회의 지배적 기억이다. 가령 세월호 참사* 직후부터 '잊지 않겠습니다' '기억하겠습니다'라는 말이 회자되었다. 그러나 무엇을 사회 공동의 기억으로 쓸 것인가는 선언만으로 결정되는 게 아니다. 이 참사를 어떻게 설명할 것인가. 참사 이후 일련의 일들은 어떻게 해석하고 의미 부여할 것

---

* 세월호 참사

2014년 4월 16일 전남 진도군 관매도 인근 해상에서 인천과 제주를 오가던 여객선 세월호가 침몰해 304명이 사망했다. 침몰 당시 '가만히 있으라'는 선내 방송 후 본인들만 대피한 선박직 승무원들의 행태, 출동한 해경의 구조 방임, 재난 컨트롤타워의 부재, 언론의 오보 등이 복합적으로 작동하면서 초기 대응과 인명 구조에 실패했고 이에 따라 희생자 수가 대폭 증가했다. 참사 직후부터 진상 규명을 요구하는 피해자 가족, 시민사회의 목소리가 높았는데, 현재까지 사고의 진상이 명확하게 규명되지 않은 상태다.

인가. 기억의 내용을 어떻게 채울지는 여러 행위 주체들이 치열하게 경합한 결과로 만들어지고 변화한다. 그리고 어떤 사건을 기억하는 방식은 우리가 앞으로 무엇을 하고 어떻게 살 것인지에 영향을 미친다. 그러니 세월호 참사같이 현재진행형인 사건을 기록한다는 것은 어떤 변화를 추동하고자 안간힘을 쓰는 것과 같다.

우리는 기록을 읽는다는 것이 한 사건 또는 그 사건을 겪은 사람을 통과하는 시간이 되기를 바란다. 자신이 알지 못했던 삶과 자신의 삶을 잇고, 자신과 세상에 대한 새로운 이야기를 만들어내기를 바라는 것이다. 우리는 문자에 갇힌 기록이 아닌 살아 있는 기록을 만들고 싶다는 결론에 다다랐다. 그리고 그러한 의지를 담아 우리가 하는 일에 '기록'이라는 말 대신 '기록활동'이라는 말을 쓰기 시작했다.

그렇다면 왜 '인권'기록일까. 쉽게 말하자면 인권이라는 렌즈를 통해 사람과 세상을 바라본 기록이라 할 수 있겠다. 인권기록은 '사람의 말'에서부터 시작한다. 우리가 각별하게 주목하는 사람은 인간 사회에서 벌어지는 다양한 수준의 억압과 차별, 폭력과 고통의 구조에 대해 할 말이 있는 사람, 그것을 '나'의 경험을 통해 드러내려는 사람이다. 인권기록활동가로서 우리는 그 한 사람의 고유한 목소리를 경청하고 대화함으로써 세상에 대한 어떤 진실을 담은 기록을 만들어간다.

인권기록활동을 포함한 구술기록은 만남을 기획하는 일이다. 만남을 청한 사람, 즉 기록자가 '언제, 어디서, 누가, 무엇을, 왜, 어떻게'라는 질문을 가지고 시작한다는 점에서 만남은 계획적이다. 의도된 만남이라고 하면 기록자가 인터뷰이를 찾아가는 과정으로만 이해할 수도 있겠다. 하지만 말하고 싶은 존재가 기록자의 삶 속으로 들어온 것일 수도 있다. 기록자가 계획을 세우는 것으로 인터뷰이와의 만남이 보장되는 것은 아니기 때문이다. 어느 날 갑자기 원하는 만남이 저절로 성사되는 것도 아니다. 기록자가 특정 존재와 사건을 인식하는 과정과 인터뷰이가 기록자의 초대에 응하는 과정은 우연과 계획이 뒤섞여 있다. 어디까지 우연이고 어디까지 계획인지 구분하기보다 만남을 이끈 서로의 행위가 기록 과정에서 어떻게 만들어지는지 이해하는 것이 더 중요할 것이다.

이러한 만남이 이루어지기까지 우리는 어떤 기획과 실행을 했을까? 기록에 관심을 가진 사람이 기획 단계에서 고민하고 준비해야 할 몇 가지 질문에 대해 우리가 풀어간 경험을 소개하고자 한다.

그에 앞서 우리가 인권의 관점에서 기록활동을 한다는 건 구체적으로 어떤 것일까를 고민하면서, 인권기록활동의 의미를 구성할 세 가지 원칙을 정리했다. 그 원칙들을 통해 인권기록활동이 무엇인지 설명해보려 한다. 물론 처음부터 우리의 지향을 명확히 정리한 뒤에 기록활동을 이어가지는 않았다. 기록을 필요로 하는 현장은 너무나 많았고, 언제나 몸이 먼저 움직여야 했다. 그러므로 다음에 소개할 이 원칙들은 우리가 걸어온 시간의 발자국이자 우리가 쓰고자 하는 미래다.

인권기록활동을 구성하는 3원칙[1]

인권에 대한 기록

인권기록활동의 흐름에서 분기점이 될 만한 기록으로 2014년 4월 출간된 『밀양을 살다』를 꼽을 수 있다. 밀양 송전탑 건설에 반대한 지역 주민 17명의 인터뷰가 담긴 책이다.* 이 책은 기록노동자, 작가, 인권활동가, 여성학자 등 다양한 사람이 참여해 인터뷰와 집필까지 두 달 만에 완성되었다. 당시 송

---

* 밀양 송전탑 반대 싸움
  한국전력이 일방적으로 경상남도 밀양시에 765킬로볼트(kV) 고압 송전선 및 송전탑 설치를 발표, 강행하면서 이를 저지하기 시도된 2005년부터의 밀양 주민, 시민사회의 운동을 가리킨다.

전탑 부지에 세운 밀양 주민들 농성장에 강제 철거가 예고된 상태라 하루라도 빨리 기록이 나와야 할 상황이었기 때문이다. 그러나 아무리 많은 기록자가 참여한다 해도 이렇게 빨리 깊이 있는 기록을 펴내기는 쉽지 않다.

『밀양을 살다』 프로젝트가 가능했던 것은 밀양 송전탑 반대 싸움에 이미 인권활동가들이 오랫동안 다양한 방식으로 연대해오고 있었기 때문이다. 그들은 이 싸움이 내 땅, 우리 고장에는 절대로 송전탑을 세울 수 없다는 '지역 이기주의의 표출'이 아니라 인권의 문제임을 깨달았다. 그래서 이 싸움의 흐름을 조망하면서 이 시기에 가장 기록이 필요한 이야기가 무엇일지, 누구의 이야기를 어떻게 들어야 할지 이미 알고 있었다.

이렇게 지난 시간 우리가 해온 기록활동은 많은 사람이 일구어온 인권운동에 기대어 있다. 인권운동의 역사와 담론 속에서 인권기록의 관점과 주제를 잡고, 인권운동 안의 다양한 관계와 자원에 기대 기록을 만들어낸다. 이렇게 당사자의 목소리에 기반해 인권의 의제를 발굴하고 확장하기에 인권기록활동의 역할이자 첫 번째 원칙은 '인권에 대한 기록'이라는 점이다.

인권을 위한 기록

인권기록활동은 '인권을 위한 기록'이기도 하다. 이 기록이 자신과 타자의 삶을 인권의 시선으로 해석하고 다른 가능성을 상상하고 시도할 수 있도록 북돋우는 활동이어야 한다는 의미다.

인권이라는 말은 누구나 할 수 있다. 그러나 모두가 똑같이 인권을 누리면서 사는 것은 아니다. 인권은 선언만으로 보장되지 않는다. 더 많은 사람이 인권을 보장 받고 살아갈 수 있게, 더 많은 사람이 인권감수성을 가질 수 있게 하는 활동이 바로 인권운동의 본질이라 할 수 있다. 그러한 변화를 촉진하는 인권운동의 여러 영역 중에서 우리는 '언어'를 만들어내는 기록의 가능성에 특히 주목한다.

인간은 언어를 통해 세상을 인식한다. 언어로 서로 관계하고 소통하며 세상 속에 자신의 자리를 만든다. '인권적인 삶'을 살려면 그게 무엇인지부터 알아야 한다. 무엇이 억압이고, 차별이고, 폭력인지 아는 것은 매우 중요하다. 그러나 그것만으로는 부족하다. 다른 삶의 가능성을 탐색하고 그것을 내 삶의 구체적 장면들에서 상상할 수 있어야 한다.

우리는 인권의 관점에서 전하고 싶은 사람들의 이야기를

기록해 공유함으로써 사람들이 인권에 더 가깝게 다가오도록 활동한다. 멀찌감치 있어 다른 곳에 있다고 여겨지는 사람들 이야기가 나에게 다가올 때, 인권이 삶의 문제로 구체화되고 서로 연결되어 있음을 발견하게 된다. 인권이 사람 사이를 연결하는 언어로, 우리 삶을 지탱하는 힘으로 만들어질 때 인권은 공감의 언어가 되어 우리 삶에 깊숙이 들어온다.

인권을 통한 기록

인권기록의 원칙 세 번째는 '인권을 통한 기록'이다. 주제 면에서 인권을 다룬다면서 정작 기록하는 과정 자체로 도리어 인권을 침해하는 경우를 많이 본다. 사회적인 반향을 일으키는 기록이 좋은 기록이라고 생각하는 이들도 많고, 기록의 깊이를 더하려고 탈탈 털듯 상대방의 이야기를 끄집어내야 한다는 태도로 사람을 대하는 이들도 많다. 그 기록은 인권기록이 아니라 억압과 폭력의 기록이다.

우리는 인권기록 과정이 구술자와 기록자 모두 인권을 경험하는 시간이어야 함을 강조한다. 구술자를 인터뷰 대상으로만 여기지 않고 그의 말을 존중한다. 존중은 정보와 권한을 나누는 데서부터 시작한다. 기록의 취지, 기록 과정, 구술자의 권한과 책임에 관해 충분히 설명하고 의견을 교환한다. 전달한 내용을 구술자가 실제로 얼마나 이해했는지도 조심스레 확인한다.

이런 원칙에 의문을 표하거나 이의를 제기할 사람은 없을 것 같다. 그러나 질적연구나 여러 기록의 현장에서 이 과정을 소홀히해 실제로 문제가 생기는 경우가 제법 있다. 기록 과정에서 인터뷰어의 부주의한 태도는 인터뷰이에게 상처를 줄 수 있다. 그리고 그 결과는 그 기록에만 영향을 미치지 않는다. 질적연구자 정은정은 "연구자들이 휩쓸고 지나간 곳"이라는 표현으로 이러한 문제를 꼬집는다. 즉 연구자가 취재원들과 신뢰를 지키지 않은 바람에 그 후속 연구는 물론 연구 과정의 연대, 동료의 연구 기회를 모두 파괴해버리는 경우다.[2] 그래서 꼭 짚고 넘어가고 싶은 것이 기록자의 인권감수성 문제다. 인권을 통한 기록이 가능하려면 기록자가 인권감수성을 갖추려 평소에도 많은 애를 써야 한다.

세 번째 원칙인 인권을 통한 기록은 인권 친화적인 과정을 의미할 뿐 아니라 기록의 지속 가능성을 지향하는 의미를 담고 있다. 기록의 목적과 목표에 따라 정해진 기간에만 일시적으로 기록자가 인터뷰이를 만나고 만남이 끝나는 경우도 있다. 그러나 우리는 가급적 기록물을 발간한 후에도 기록자가 인터뷰이와 관계의 끈을 놓지 않으려 애쓰는 편이다.

사회과학 분야에서는 패널 데이터를 만들어 종단연구(longitudinal study)를 진행한다. 일정한 시간 간격을 두고 지속적으로 각종 변수의 변화 상태를 파악해 원인을 추적하고 분석하는 방법이다. 하지만 인터뷰 자료를 활용한 질적연구에서 이러한 '시계열 연구'는 거의 없다. 시간의 변화에 따라 같은 사건이나 사람을 다시 인터뷰하고 그것을 글로 남기는 연구나 기록은 거의 없다는 말이다.

인권기록활동은 일종의 시계열 연구자와 같은 태도로 기록을 이어간다. 특정 사건을 겪은 사람을 인터뷰할 때 사건 직후 이야기와 3년, 5년이 흐른 후에 듣는 이야기는 유사점과 차이점이 있을 수 있다. 이것은 흐른 시간만큼 삶의 이야기가 추가된다는 뜻만은 아니다. 시간이 흐르고 상황이 변하면 과거를 해석하는 방식이 달라지기도 해서 같은 상황을 얘기하더라도 그 일을 겪은 지 얼마 안 되었을 때 하는 이야기와 한참 지나 하는 이야기는 변할 수 있다. 그러므로 구술자와 관계를 이어가는 과정에서 새로운 기록 주제가 발견되기도 한다. 물론 관계를 이어가는 것은 단지 새로운 주제를 발굴하겠다는 차원에 그치는 이야기가 아니다. 그의 사건을 기록물로 펴내는 것과 동시에 '끝난 일'로 대우하지 않으려는 것이다.

인권에 대한 기록, 인권을 위한 기록, 인권을 통한 기록. 이 세 가지는 순환하는 과정이다. 다시 정리하면 우리는 인권운동의 담론 속에서 기록의 주제를 찾고, 이 주제를 사회와 공유하고자 다양한 활동을 기획하고 시도한다. 기록의 전체 과정 또한 인권감수성에 기반해 구성한다. 이미 기록된 주제라도 아직 듣지 못한 이야기가 있을 거라는 생각으로 지속적으로 인터뷰이와 만나려고 애쓴다. 이 과정에서 기록자가 새로운 주제를 발견하기도 하고 인터뷰이가 기록자에게 새로운 기록의 아이디어를 적극 제안하기도 한다. 그러니 다시 인권에 대한 기록으로 이어지기도 하는 것이다.

사람의 서사를 기록한다는 것의 의미

실태조사, 구술사, 인권기록

인권운동은 억압받는 이들의 목소리에서 시작한다. 인권운동 활동가들은 운동 초창기부터 인권실태조사라는 이름으로 인권 침해 사안이 벌어진 현장에서 당사자들을 인터뷰해왔다. 나의 기록활동 또한 인권실태조사에서부터 시작되었다. 주거권 운동을 했던 경험이 2009년 용산 참사 인권실태조사 활동으로 이어지고, 철거민들의 목소리를 기록한 『여기 사람이 있다』라는 책으로 이어졌다. 세월호 참사에 희생된 학생들의 형제자매, 참사에서 살아남은 생존 학생들의 이야기를 묶은 『다시 봄이 올 거예요』 또한 2015년 4월부터 진행한 4·16인권실태조사단의 피해자 실태조사에서 출발했다.

인권실태조사는 사건이 어떻게 발생하고 전개되었는지 현황을 파악하고 인권 침해 여부를 살펴서, 사건의 사실을 규명하고 필요한 대상에게 책임을 요구하는 데 초점을 맞춘다. 그러므로 사실관계를 명확하게 확인하는 것이 중요하다. 여기서 피해자의 목소리는 사실을 증명하는 증거(증언)의 역할로 기능하며, 인터뷰 내용 중 '필요한 부분'이 사건 서술을 위해 인용된다.

우리가 하는 인권기록은 이와는 좀 다르다. 우리는 같은 사건을 기록하더라도 구술자가 하는 진술이 사실인가 아닌가보다는 사건을 겪은 당사자의 주관적인 경험에 초점을 맞춘다. 구술자의 감정, 표정, 어휘, 해석 등에 주목해 한 사건이 그에게 어떻게 영향을 끼쳤으며 그에게 어떤 의미인지를 총체적으로 밝히고자 한다. 어떤 사건을 둘러싼 문제를 인식하는 기존의 틀 자체를 심문하며 진실에 다가가려 하는 것이다.

같은 사건을 겪었어도 고통의 색깔은 개인마다 다를 수 있다. 삶의 역사와 사회적 위치가 저마다 다르기 때문이다. 그러므로 어떤 사건도 저마다의 삶의 맥락과 떨어뜨려놓고 이해할 수 없다. 어떠한 사건을 이해하고자 할 때 이 사건과 연루된 그의 삶에 서사를 들여다보아야 이 사건이 도대체 무엇인지를 우리는 말할 수 있다.

이는 구술사 방법론의 문제의식과 닿아 있다. 구술사(oral history)는 '무엇이 역사적 진실의 자격을 얻는가'라는 질문을 던지며 시작된 대안적 역사 쓰기, 역사 연구의 방법이다. 구술사 연구자와 기록자 들은 기존의 문헌 중심의 역사 연구, 엘리트 중심의 역사 쓰기에서 벗어나 "공식적 역사 만들기에서 배제되어 억압을 경험한 사람들 또는 억압받은 집단의 사람들"[3]의 목소리에 주목한다. 주류 역사에서 지워졌거나 타자화된 존재들을 부록처럼 끼워 넣는 대신 그들을 '인식의 주체'로 놓고 그들의 관점에서, 그들의 이야기를 역사로 써나간다.

구술사 연구 방법은 공식적인 역사에서 누락되어온 목소리들을 드러내고 그들의 위치에서 다시 역사를 읽음으로써 그 역사에서 배제된 사람들의 삶을 드러낸다. 마찬가지로 인권기록도 소수자의 존재와 목소리를 인권의 무대로 초대한다.

구술사는 개인의 경험을 사회적 맥락과 연결하려는 접근이다. 인권기록을 하는 목적 또한 마찬가지다. 기록을 수집하는 것 자체가 아니라, 기록한 내용을 사회와 공유함으로써 인권감수성이 살아 있는 삶의 토대를 만들고자 하는 데 목적을 두고 있다. 따라서 개개인의 삶에서 일어나는 차별과 배제가 어떻게 인간 존엄의 침해로 이어지는지를 중요하게 살핀다.

구술사는 개인의 주관적인 경험에 초점을 두고 사실적 진실보다는 서사적 진실을 강조한다. 여기서 서사란 경험의 나열이 아니라 경험들을 인과관계로 연결해 그 경험에 담긴 의미를 드러내는 것이다. 서사로서의 "이야기는 경험에 대한 기억과 회상을 통해 재구성되는 특성 때문에 사실적 진실성과 서사적 진실성이 혼재"되어 있다. 그러니까 서사적 진실은 "현재의 관점에서 기억에 의해 재구성"된 것일 수도 있다. 따라서 객관적인 사실과 다른 면을 드러낸다. 기억에는 사건 전후의 경험과 구술자의 사회적 위치, 그리고 무엇을 말하거나 말하지 못하는가에 영향을 미치는 사회적 환경 등이 개입한다.[4]

인권기록을 할 때는 특히 성별, 나이, 장애 유무, 성적지향 등 인터뷰이의 다양한 정체성과 사건 전후의 관계를 중요하게 고려한다. 구술사 연구 방법의 문제의식을 공유하면서도 인권 의제를 중심으로 기록의 의미를 찾으며, 이 정체성과 관계성에 따라 인터뷰이의 삶을 하나의 연결된 서사로 기록하려는 것이다.

한 가지 짚고 넘어갈 것은 '사실의 진실성'을 중시하는 태도와 구분해 '서사의 진실성'을 더 중시한다고 하면 많은 사람이 이 둘을 '대립'하는 개념으로 이해한다는 점이다. 그리고 서사의 진실성을 주목한다는 말을 사실의 진실성은 무시해도 된다는 말로 받아들이기도 한다. 심지어는 구술기록은 구술자의 이야기를 받아 적을 뿐 사실관계나 관련 자료를 조사하지 않아도 되는 기록처럼 오해하는 사람도 있다.

그러나 우리는 서사의 진실성에 도달하려고 애쓰는 만큼 사실을 찾고 확인한다. 다만 '진상 규명의 법정'과는 다른 방식으로 사실을 다루고자 할 뿐이다. 서사의 진실에 접근하는 기록자의 태도는 이런 것이다. 누구든 자기 삶에 대해 이야기하다 보면 어제 했던 이야기가 오늘 하는 이야기와 다를 수 있다. 또 일반적으로 알려진 사실과는 다르게 자기만의 이야기를 할 수도 있다. 우리는 그가 말한 이야기 중 사실관계 몇 가지가 '틀렸다'고 해서 그의 진술을 배척하거나 그 틀린 사실관계를 그의 진술을 배척할 근거로 대하지 않는다. 우리는 우선 그의 이야기를 경청한다. 그리고 그의 이야기에서 무엇인가 '다른' 사실을 발견했을 때 그가 왜 그렇게 기억을 하게 되었는가를 궁금하게 여긴다. 기억이 형성된 맥락을 추적하는 것이다.

그리고 당연하게도 구술기록에서도 사실 확인은 아주 중요한 과정이다. 두 가지 이유에서 그렇다. 먼저 기록자는 인터뷰이의 삶에서 중요한 장면들이 가지는 의미와 그 장면들 사이의 인과관계, 연결성을 이해하려는 사람이다. 그러니 그의 말을 검증하기 위해서가 아니라 그가 하는 말을 더 잘 알아듣기 위해서 그리고 그의 말이 사회 속에서 가지는 의미를 더 잘 알아채기 위해서 그의 구술 외에도 다른 자료들을 찾는다. 특히 내가 살아보지 않은 시대와 공간을 살아온 사람의 삶을 이해하려고 할 때는 관련 정보나 지식을 모으는 데 더 많은 수고를 들인다.

두 번째 이유는 이 기록을 세상에 공개하기 때문에 발생한다. 기록은 사회적 말 걸기다. 기록을 읽는 사람들에게 설득력을 갖추려 노력해야 한다. 사실과 다른 내용이 담겼을 때 그 오류 때문에 글 전체의 신뢰성을 의심받을 수 있다. 당연히 사람의 기억과 말은 흠결 없이 매끄러울 수가 없다. 그러므로 무결한 이야기를 만들기 위해서가 아니라 기록을 옹호할 근거를 갖추기 위해서 가능한 사실들을 두루 살펴두는 것이 좋다.

지금까지 인권기록이 어떤 흐름 속에서 등장하게 되었는지 살펴보았다. 정리하면 인권기록은 사건을 공론화기 위한 인권실태조사의 문제 인식을 이어가면서도 개인의 '서사'에 주목한다는 점에서 실태조사와는 차이가 있다. 그리고 개인 서사의 정치적 의미에 주목한다는 면에서 구술사 방법론에 기대고 있다.

우리가 '함께' 기록하는 이유

구술기록을 반드시 공동 작업으로, 여럿이 함께 해야만 하는 것은 아니다. 다만 오랜 시간 동안 여러 사람이 함께 기록 활동에 참여하는 작가기록단으로 활동하면서 우리는 공동 기록의 의미와 가능성을 이해하게 되었다.

구술기록 중에서 인권기록으로만 한정하더라도 작가기록단이라는 이름으로 기록활동을 하기 전에도 인권 현안에 대응하는 기록이 공동으로 이루어진 일이 제법 있다. 앞서 소개한 『밀양을 살다』뿐 아니라 용산 참사 피해자의 목소리를 기록한 『여기 사람이 있다』 같은 작업들이 그렇다. 이 기록들에 여러 기록자가 필요했던 건 사안에 시급하게 대응할 필요가 있다는 현실적인 이유가 있었다. 더불어 기록활동을 함께 하면서 이 사건에 연루된 사람이 하나라도 더 늘기를 바란 마음도 있었다. 다시 말해 참여의 자리를 여럿 만드는 것이었다. 이 투쟁이 더 많은 사람에게 '나'의 일이 되어 이 사안을 더 널리 알릴 연결의 거점이 될 사람이 하나라도 더 늘기를 바라는 마음이었다. 우리가 인권기록활동을 공동 기록의 장으로 고민했던 데도 물론 그러한 이유가 포함되어 있다.

슬라보예 지젝은 고통을 서사화할 권리(right to narrate)에 대해 말한다. 인간은 누구나 자신의 고통을 특별한 서사로 만들어낼 권리가 필요하다는 의미다. 서사를 만들어내는 것이 중요한 이유는 서사가 사람들이 세상을 인식하고 설명하는 방식이기 때문이다. 내가 겪은 고통을 시간의 흐름과 인과를 갖춘 이야기로 만든다는 건, 고통을 해석할 힘과 언어를 갖는다는 의미다. 세상을 지배하는 서사를 다시 쓸 가능성이 그때 열린다.

그리고 이 서사화할 권리는 듣는 이가 있을 때 비로소 실현된다. 누군가가 허공이나 벽을 보고 혼자 떠들고 있을 때 우리는 그 사람이 '이야기한다'고 말하지 않는다. 이야기할 권리에는 내가 겪은 일이 무엇인지 아는 것뿐만 아니라 이를 해결하고 회복하도록 공동체에 해결과 회복을 요청할 권리까지 포함된다. 인권기록이 인터뷰란 말 대신 '사회적 대화'라는 말을 쓰는 이유도 여기에 있다. 우리는 인권기록이 서사화할 권리를 말하고 보장하는 과정이 되길 바란다.

구술기록을 해보고자 하는 이들에게 공동기록활동을 권해보고 싶은 이유는 또 있다. 함께 기록활동을 해온 지난 시간 속에서 기록자로서 우리가 배움의 기쁨, 연결이 주는 안도감을 누렸기 때문이다. 기록에 관심을 가지고 기록을 하고 싶어도 어디서부터 무엇을 어떻게 시작해야 할지 난감할 수 있다. 기록의 경험자와 하는 공동 작업은 비경험자가 기록의 맛을 느끼면서 자기 스타일을 찾아가는 데 도움이 된다. 서로 다른 경험과 시선을 교환하면서 보완이 이루어지기도 한다. 물론 그 과정이 매끄럽고 아름답기만 하지는 않다. 협업의 원활함이 결과물의 생산에 직접적인 영향을 받기 때문에 기록자들은 기획 단계에서부터 기록 전체를 관통하는 문제의식에 대해 충분히 논의해야 한다. 이 시간은 서로에게 경청하는 사람이 되는 시간이며, 기록에 대한 언어를 쌓아올리는 시간이기도 하다. 작업 기간 내내 함께 고민하고 토론하는 동료야말로 기록자가 가질 수 있고 누릴 수 있는 최고의 기쁨이자 자산이다. 그것이 우리가 함께 기록하는 이유다.

지금까지 우리가 했던 경험에 기반해 인권기록활동의 원칙과 의미를 정리했다. 이제 기록활동의 좌충우돌 과정 속으로 들어가보자.

기록의 문 두드리기

기록자가 선 기록의 출발점은 저마다 다를 것이다. 기록하고 싶은 분야와 주제를 아주 잘 아는 상태에서 기록을 시작할 수 도 있고 잘 모르는 상태에서 시작할 수도 있다. 누군가 혹은 어 떤 집단으로부터 제안을 받아서 기록을 시작하기도 하고, 자 기 안에서 피어난 문제의식을 바탕으로 구체적인 주제를 만들 기도 한다. 중요한 건 그것이 명확한 문제의식으로 정리되지 않았더라도 '이것을 기록해야 한다'는 마음이 생겨나야 한다 는 것. 이 얘기를 나만 알고 싶지 않다, 더 많은 사람과 함께 이 야기하고 싶다, 어떤 목소리가 알려져서 인식이 달라지면 좋겠 다, 이런 기대가 있어야 기록을 시작하게 된다. 그러니 기록자 란 자기 자신과 타자 그리고 이 사회에 글로 말을 걸고 싶은 사람일지도 모른다. 기록의 소재는 어느 날 갑자기 하늘에서 뚝 떨어지지 않는다. 기록자가 벼리어온 자신만의 문제의식이 기록의 소재를 포착할 수 있는 감각을 만든다.

누군가의 이야기, 어떤 문제를 기록하고 싶다는 아이디어를 실제 기록으로 만들려면 여러 단계를 거쳐야 한다. 기록의 목적과 목표를 정하는 기획 단계, 목적에 맞는 목소리를 찾아 인터뷰이를 정하고 인터뷰어를 배치하는 인터뷰 계획 단계, 질문지를 작성하고 인터뷰이를 만나는 인터뷰 수행 단계, 녹취록을 작성한 후 기록자들이 토론을 거쳐 글을 구성하고 가독성 있는 텍스트로 작성하는 글쓰기 단계, 원고에 대해 동료들이 의견을 주고받고 인터뷰이의 원고 확인을 거친 후 수정하는 단계를 거쳐 완성한 글을 독자와 공유하는 함께 읽기 단계로 이어진다.

기획(企劃)은 생각하는 바를 이루기 위해 계획을 세우고 밑그림을 그리는 일이다. 편의상 인터뷰와 쓰기를 기록의 '실행'이라고 말한다면, 기획과 실행은 서로 맞물리고 영향을 주고받으면서 이루어진다. 인터뷰와 글쓰기 같은 실행 과정의 각 단계에서 기획을 점검하고 조정하는 작업이 수시로 이루어진다고 봐야 한다. 기획은 일을 실행하기 위해 필요한 과정이기 때문에 기획 제안자가 다른 사람들에게 구체적인 말로 설명할 수 있어야 한다. 또 실현이 가능할지 탐색이 이루어져야 한다. 제아무리 번뜩이는 좋은 아이디어라도 구체적인 언어로 만들어보면 골격을 갖추지 못하거나 실현 가능성이 낮아 실제 기록으로 나아가지 못한 경우는 얼마든지 있다.

혼자 하는 작업이 아닐 때는 아이디어가 내 머릿속에만 머물러 있거나 나만 이해할 수 있는 문서인 상태여서는 안 된다. 공유 가능한 형식과 내용으로 만들어져야 한다. 기획안을 구성하는 과정 자체가 동료들과의 협업이다. 의견과 반론, 질문과 대답이 오가면서 머리가 뜨거워지는 시간이다. 이 과정에서 마음의 장막이 걷히면서 희미한 점선이 뚜렷한 선으로, 특정 형태로 만들어진다. 그렇다면 간략한 아이디어가 전달 가능한 구체적 문제의식으로 만들어지기까지 어떤 과정이 필요할까?

정보를 수집하라

내가 생각한 아이디어가 타당한지 다른 사람들에게 확인하고 아이디어를 더 발전시키려면 판단의 근거가 될 정보를 수집해야 한다. 기획의 골격을 세울 수 있는 정보가 채워질 때 구체적인 문제의식이 만들어지고 기록의 목적과 목표를 정할 수 있다. 기록하고 싶은 아이디어와 관련한 정보를 모으는 방식과 경로는 여러 갈래가 있을 것이다. 비교적 접근이 쉬운 방법은 이미 나와 있는 자료를 검색하는 것이다. 출판물, 연구 논문, 정부나 비정부기구에서 발간한 각종 보고서, 언론 보도, 영상 기록 같은 다양한 자료를 참조할 수 있다. 연구로 따지면 '선행연구 검토'에 해당한다. 인용된 데이터는 원본을 확인하는 일이 중요하다. 기존의 좋은 기록물들이 어떤 참고문헌에 기대고 있고, 그 정보들을 기록 안에 어떻게 활용하고 있는지를 살펴보면 도움이 된다.

기획 단계 중 정보 수집 과정을 한국 사회의 재난을 기록하는 프로젝트팀을 만들어 세월호 참사 3주기에 펴낸 『재난을 묻다』를 사례로 살펴보자.

이 기록은 2014년 여름에 시작되었다. 세월호 참사에 대해 고민하면서 한국 사회가 과거의 참사들을 어떻게 인식하고 대응해왔는지 주목하면서 프로젝트를 시작했다. 한국 사회가 참사를 반복하지 않는 사회로 가려면 무엇이 필요한지, 과거에 발생한 참사 피해자들의 목소리에서 그 길을 찾고자 했다.

이 책은 처음에 별도의 팀을 구성하지 않았고, 이 문제에 관심 있는 사람들이 참여해 신문에 연재 기사를 기고하는 것으로 기획되었다. 기획안에 대해 한 유력 매체에서 관심을 보였고, 구체적으로 어떤 참사의 유가족들과 인터뷰할지 조율하고 있었다. 그런데 신문사 데스크에서 우리가 제안한 목록 중 두 참사 사례에 부정적인 의견을 주었다. 하나는 오래된 참사라서 현안과 같이 다루기엔 적합하지 않다, 다른 하나는 사망자 수가 적어서 대형 참사들과 다루기에 어울리지 않는다고 했다. 우리에게 질문이 생겼다. 과연 무엇이 '과거'의 참사인가, 즉 참사의 현재성은 무엇으로 말할 수 있는가. 또 참사의 규모는 인적 피해와 물적 피해의 숫자로 구분되는 것인가, 즉 과연 '참사'란 무엇인가.

다른 매체로 연재처를 틀고자 했으나 비슷한 기획 기사가 이미 게재된 적이 있음을 발견했다. 우리는 언론 연재를 유보하고 재난에 대한 문제의식을 발전시키는 쪽으로 방향을 틀었다. 재난에 대한 인식 틀을 새롭게 해줄 연구물과 기록물을 살펴보며 세미나를 진행했다. 재난을 정의하는 다양한 관점, 한국 사회의 재난 담론의 변화, 재난에 대한 새로운 인식론적 접근, 다른 나라의 재난 대응 등을 살피며 '재난'에 대한 기본적 이해를 다듬어나갔다.

이를 바탕으로 각 기록자가 재난 사고를 하나씩 맡아 자료를 살폈다. 수사 기록이나 백서 같은 공식 기록, 관련 연구 논문, 언론 보도 등을 중심으로 주요 자료를 추렸다. 사고와 관련한 사실, 사고를 해석하는 관점들, 이후 경과를 정리한 후 무엇이 빠져 있는가, 혹시 다르게 볼 지점은 없는가를 검토하는 발판으로 삼았다. 또 한국 사회의 재난을 다룬 출판물을 살폈다. 사건이 나열식으로 수록되고, 재난의 원인을 규명하는 방식이 단편적이고 낡았다는 인상을 받았다. 비슷한 재난이 왜 반복될 수밖에 없는지, 보다 현실에 가까운 입체적 답을 찾아내는 데 기록의 초점을 맞춘다면 새로운 기록의 시도가 의미 있을 것이라 판단했다. 이러한 판단에서 기록팀을 구성하고 본격적으로 기록을 실행하기에 이른다.

기록 작업을 하다 보면 이 일이 먼저 출발한 사람들의 고민과 결과물에 얼마나 기대고 있는지를 발견하게 된다. 참고할 수 있는 자료가 있으면 기록의 방향을 잡는 데 큰 도움이 된다. 우리의 기록 작업도 다른 기록자의 출발을 조금은 수월하게 만들 수 있는 디딤돌이 되길 바라는 마음이 생긴다.

한편으로 참고자료를 찾아 볼 때 기존 자료만으로 충분치 않은 경우도 있다. 근접한 자료는 있지만 딱 맞는 자료는 없을 때, 새로운 유형의 사건이라 기존 자료만으론 파악이 어려울 때, 기존 자료가 너무 오래전에 만들어져서 현재 상황을 파악하는 데 도움을 주지 못할 때다. 그렇다면 자료가 될 만한 내용을 다른 방식으로 찾아야 한다. 그럴 때는 '사람'에게 기대는 수밖에 없다. 기록자는 현장 활동가나 연구자 등 전문가를 섭외해 간담회를 하거나, 당사자가 있는 현장을 찾아가서 상황 파악을 하면서 기획에 필요한 기본 정보를 모을 수도 있다.

몸을 움직여 연결을 만들라

『금요일엔 돌아오렴』의 시작은 2014년 6월이었다. 세월호 유가족들이 억울한 죽음의 진실을 밝혀달라며 세월호 특별법 제정 100만인 서명운동을 벌일 때였다. 유가족들이 농성과 단식을 시작하면서 유가족 곁으로 찾아가는 시민들의 자리가 만들어졌지만 말 걸기는 서로 쉽지 않았다. 그쯤에 기록자들이 일단 뭐라도 해보자고 모였다. 뭐라도 해보자는 마음, 거기서 기획이 시작되었다.

유가족들은 기록에 회의적이었다. 지금은 기록보다는 싸워야 할 때라는 인식이 강했고, 언론의 취재 행태와 보도에 깊은 적대가 형성됐던 터라 유가족 이야기가 또 어떻게 날조될지 모른다는 불신도 강했다. 상황이 이렇다 보니 정체도 잘 모르겠는 사람들이 건네는 "세월호 참사의 기억을 사회적 기록으로 남겨야 한다" 같은 말이 유가족들에게 가당을 여지는 좁고 가팔랐다.

우리는 먼저 거리로 나섰다. 국회, 청와대 앞 청운동, 광화문, 진도 팽목항, 세월호 유가족들이 있는 곳이라면 마다하지 않고 곁에 있었다. 함께 서명을 받고, 행진하고, 농성하며 밤을 새웠다. 한동안 기록은 뒷전이었다. 그러나 그 길 위에서 어렵게 하나둘 인터뷰들이 만들어졌다. 기록자가 현장을 누비면서 모은 유가족들 이야기가 기록단 회의에서 공유되었다. 그 이야기들을 가지고 우리가 어떤 기록을 해야 하는지 방향을 잡아갔다. 처음부터 어느 정도 기획의 틀이 만들어져서 실행으로 가는 경우도 있지만 이렇듯 어떤 기록은 뭐라도 하자는 마음으로 일단 당사자를 만나는 것부터 시작하기도 한다. 사건의 파악이 어렵고 예측이 안 되는 상황일 때 몸을 먼저 움직여야 할 때도 있는 것이다.

『다시 봄이 올 거예요』를 쓸 때는 인터뷰 전에 기록의 방향을 구체화하는 데 필요한 정보와 상황을 파악하고자 여러 차례 만남을 가졌다. 생존 학생들을 만난 첫 번째 기억은 뜨거운 여름 길이다. 2014년 7월 15일 생존 학생들은 세월호의 진실과 진상 규명을 요구하며 안산 단원고를 출발해 경기도 시흥, 광명을 거쳐 유가족들이 농성 중인 서울 여의도 국회의사

44

당까지 1박 2일 동안 도보행진을 했다. 7월 14일 나는 이 도보행진에 스태프로 참여해 필요한 것을 살피며 조용히 동행했다.

생존 학생들과의 그다음 만남은 2015년 4월, 4·16인권실태조사단의 피해자 실태조사 때 이루어졌다. 이 조사에 참여했던 경험과 그 결과물이 이후 단행본 작업으로 가는 데 중요한 다리를 놓았다. 『다시 봄이 올 거예요』를 기획하는 과정에서 생존 학생 부모회의에 여러 차례 참여해 기록의 취지를 설명하고 부모들이 어떤 지점을 우려하는지 파악하는 시간을 가졌다.

그동안 내가 청소년 인권운동 현장에서 10대들을 만나 기록할 때는 부모 동의 없이 청소년의 동의만으로 인터뷰와 기록을 진행했다. 10대도 스스로의 삶의 주체로 존중해야 한다는 관점에서다. 그러나 부모의 동의 없이 참사 생존 학생과 직접 만나는 것은 거의 불가능했다. 아이들을 지켜야 한다는 긴장과 위기감이 매우 높은 상태였다. 부모들 사이에 기록의 필요성에 대한 인식의 차이도 있었고, 언론에 대한 부정적인 경험 때문에 걱정과 두려움도 컸다.

부모를 만났다고 생존 학생 인터뷰가 바로 연결된 것은 아니었다. 인터뷰에 참여할지 최종 결정하는 건 10대 당사자였기 때문에 생존 학생을 위한 설명회가 별도로 필요했다. 생존 학생들이 설명회에 올 수 있도록 부모회의 때 홍보를 부탁했다. 몇 명이나 올까 걱정과 설렘으로 학생들을 기다렸다. 우리가 만난 학생은 두 사람. 모임에는 들어오지 않고 우리 주변에 있으면서 왠지 귀는 쫑긋하고 있는 것 같아 보이는 학생이 한 명. 기대를 많이 하지는 않았지만 아쉬웠다. 학생들에게 안내문을 나눠주고 기록의 취지와 과정을 설명하면서 홍보를 부탁했다. 학생들의 연락을 기다리며 작가기록단에서 연결 가능한 모든 인맥을 동원해서 인터뷰 참여자를 찾는 과정에 돌입했다. 한 명씩 연락이 오기 시작했다. 기록에 참여하겠다는 의사를 밝힌 학생 중에는 기록 설명회에 참여했던 학생의 홍보와 독려 덕분에 연락한 학생도 있었다. 우연과 기획이 얽히면서 11명이 『다시 봄이 올 거예요』 기록에 참여했다.

이처럼 아이디어를 체계화하는 데 필요한 정보 수집은 책상 앞에서만 이루어지지 않는다. 그렇다고 만남으로만 정보가 쌓이는 것도 아니다. 만나서 들은 이야기를 정리하고 공유하면서 그 의미를 찾고 다시 책상 앞에 앉아 관련 자료를 찾는다. 기록자는 구술자를 다시 만날 때 자료를 검토하면서 질문했던 내용을 숙고하면서 기획 방향을 만들어간다. 필요한 정보는 다시 모으면서 구체적인 윤곽을 그려나간다.

섬세하게 계획하고 신속하게 수정하기

기록의 기획 단계에서 기획의 실현 가능성을 타진하고 아이디어를 구체화하는 과정, 인터뷰이를 선정하고 접촉하는 과정은 칼로 자르듯 나뉘지 않고 섞여 있다. 인터뷰를 약속하고 실행하기 전까지 기획 단계에서 만남을 위한 조심스럽고 섬세한 준비 과정을 설계하게 된다.

또 우리는 인권을 잇는 기록을 고민하면서 인터뷰이와 지속적인 관계를 맺기 위한 다양한 기획을 만들어간다. 기록을 기획할 때 인터뷰이 섭외를 어떻게 하느냐는 질문을 많이 받는다. 세월호 참사의 경우처럼 어렵게 관계의 끈을 만들어갈 때도 있고, 이미 형성된 관련 단체나 지인에게서 소개받기도 한다. 질적연구에서는 후자의 방법을 '스노볼 샘플링(snowball sampling)'이라고 부른다. 가능한 접촉선을 확보하고 그로부터 소개를 받아 응답자 수를 늘리는 방식이다. 아는 사람의 아는 사람, 더 멀리 연결된 인맥으로 연락하는 경우도 있다.

여기서 주의할 점은 기록자는 인터뷰 대상을 소개해주는 사람에게 기록의 취지와 진행에 대해 정확하게 설명해주어야 한다는 점이다. 예를 들면 대면 인터뷰를 하고자 했는데 전화 인터뷰라고 말하는 등 소개자가 인터뷰 예정자에게 정확한 정보를 전달되지 않아 섭외 과정에서 기록자가 다시 설득해야 하는 경우도 있다. 인터뷰 섭외를 위해 소개자와 인터뷰이 예정자에게 연락하려면 기획 단계에서 기록의 취지와 진행에 대해 대략적인 내용이 먼저 정리되어야 한다.

나는 스쿨미투 활동을 하는 청소년 페미니스트들에 관해 기록한 적이 있다. 언론에서 스쿨미투 보도가 나올 때마다 관심을 갖고 지켜보면서 자료를 모으고 있었다. 언젠가는 꼭 인터뷰하고 싶다고 생각해서다. 실제 기획의 기회가 생겼을 때 아는 인권활동가의 소개를 받아 위티라는 단체의 공동대표 중 한 사람의 연락처를 받았다. 자료를 찾아서 읽고, 문제의식을 다듬고 인터뷰이를 찾아 원고를 마감할 때까지 거의 1년이 걸렸다. 1차 인터뷰로 청소년 페미니스트 활동가 다섯 명의 집단 인터뷰를 진행했고 그 후 개별 인터뷰를 했다. 기획 초기 인터뷰 전에는 사전 조사 성격으로 집단 인터뷰를 하고 이후 더 얘기를 듣고 싶은 몇 사람만 개별 인터뷰를 진행하려고 했다. 유사한 얘기가 더 많을 거라고 기록자가 예단했기 때문이다. 그런데 막상 인터뷰를 해 보니 다섯 명 모두의 이야기를 더 듣고 싶었다. 삶의 맥락에 따라 다섯 사람이 스쿨미투를 만난 서사가 다 달랐기 때문이다. 인터뷰를 진행해보면 필요에 따라 초기에 설정한 계획이 수정되기도 한다.

아이디어의 타당성을 확인하고 기획을 채워가는 과정에서 기록자가 반드시 정리하고 넘어가야 할 것이 있다. 바로 기록의 목적과 목표를 정하기 위해 문제의식을 다듬는 과정이다. 정보를 수집하고, 현장과 연결을 만들면서 기록을 위한 아이디어를 구체화하는 이 과정에서 시점, 초점, 관점이라는 세 키워드를 기준으로 삼아보면 도움이 된다.

시점: 왜 지금 기록해야 하는가

시간과 기록의 관계는 기획에서 누구의 목소리를 기록하느냐만큼 중요한 질문이 된다. 그래서 우리는 기록하는 내내 수시로 묻는다. 이 일, 이 사람을 지금 기록해야 하는 이유는 무엇인가.

　　누구의 이야기를 왜 지금 듣지? 왜 지금 듣는지 묻는 것은 중요한 거 같아요. 이때 기록은 시간이 흐른 후에 "이런 일이 있었어" 이야기하기 위한 것이 아니라, 지금 싸우고 있는 사람의 이야기가 잘 들리게 하기 위한 마이크, 확성기인 거죠.[5]

　　왜 '지금' 누구의 무엇을 기록하려고 하는가? 이것은 기록자의 문제의식을 구체화하는 과정이자 기획 단계에서 꼭 답해야 할 질문이다.

세월호 참사를 다룬 『금요일엔 돌아오렴』, 용산 참사를 기록한 『여기 사람이 있다』는 사건 발생 후 빠르게 진행한 기록으로, 사건 발생과 기록의 시간 간격이 크지 않다. 지금 당장 사건에 대한 문제의식을 사회적으로 공유하기 위해 시민들에게 다가갈 수 있는 서사가 필요하다는 기록자의 판단으로 이루어진 기록이다. 즉 기록의 시의성이 중요한 경우다. 2009년 1월 20일 발생한 용산 참사를 기록한 책 『여기 사람이 있다』의 발행일자는 4월 1일이다. 참사가 있고 두 달 만에 책이 나왔다. 이렇게 시급하게 책을 쓰고 펴낸 이유는 무엇이었을까. "용산 현장에서 우는 것 말고 할 수 있는 일이 무엇인가? 뭐든 작은 힘이라도 보탤 수 있는 일이 있다는 것에 감사하는 마음으로" 기록은 시작되었다. 참사 당시 "정부와 언론이 철거민들의 투쟁을 왜곡, 탄압하고 있는데 이에 대응할 수 있는" 기록이 필요하다는 인식이 있었다.[6]

기록 중에는 사건 발생과 기록 간에 시간의 틈이 꽤 있는 기록도 있다. 이런 경우 과거에 있었던 사건에 대한 기록일 뿐일까? 구술은 인터뷰이의 기억에 의존한다. 기억은 계속해서 '현재' 시점으로 재구성된다. 그런 의미에서 기억에 의존하고 있는 기록은 늘 현재성을 띤다. 화자가 과거의 일에 대해 무엇을 말할지, 어떤 기억을 더 강조할지, 무엇을 말하지 않을지, 어떤 위치에서 어떻게 해석하는지 등은 지금 말하고 있는 구술자의 현재 상황과 연결되어 있다. 지난 기억을 소환하는 것은 현재의 자신인 것이다. 그런 의미에서 같은 사건이라도 시간에 따라 말하는 내용이 달라질 수 있다. 기록의 시점이 중요한 이유가 여기에 있다.

형제복지원 피해생존자들에 대한 기록『숫자가 된 사람들』은 형제복지원 문제*를 '과거'가 아닌 '현재'의 문제로 밀어올리기 위한 기획이었다. 1975년부터 12년간 3천여 명이 형제복지원에 납치, 감금되어 강제노역과 폭행 등의 인권 유린을 경험했고, 이로 인해 공식적으로만 최소 513명이 사망했다. 2014년에 형제복지원 구술프로젝트팀이 결성되어 기록을 시작했다. 기록의 목적은 과거 형제복지원에서 무슨 일이 벌어졌나를 넘어 그곳에서의 경험이 현존하는 폭력과 고통의 근원임

---

* 형제복지원 사건
  부랑인 선도를 명목으로 무고한 사람들을 단속, 수용했던 형제복지원에서 발생한 특수감금, 가혹행위, 강제노역, 암매장 등의 인권 유린 사건을 가리킨다. 부산시와 부랑인 일시보호사업 위탁계약을 맺고 '내무부훈령 410호'를 근거로 운영된 형제복지원에 1975~1987년 12년간 수용 인원은 4만 명에 달했으며, 이 중 최소 551명이 사망한 것으로 추정된다. 2021년 8월, 2기 '진실·화해를 위한 과거사 정리위원회'가 형제복지원 사건에 대한 진상조사에 착수한 상태다.

을 기록하고 보여주려는 것이었다. 끝나지 않은, 끝날 수 없는 이 사건이 사회적으로 공론화되기를 기대하는 마음을 담고자 했다. 미해결된 사건은 그 자체로 사건이다. 현재의 일일 수밖에 없다.

한편 과거사를 기록하는 데는 역사의 빈 곳을 채우거나 역사를 다른 관점에서 보도록 하려는 목적도 있다. 거다 러너 (Gerda Hedwig Lerner)는 역사 발전의 과정과 역사를 구별한다. 그녀는 역사 발전은 문자의 해독이나 해석과 무관하고 비엘리트 집단들도 그 과정에 중요하게 참여했으나, 기록과 보존, 수집과 해석의 과정으로서의 역사는 엘리트 집단의 문자 해독력에 달려 있다고 말한다. 그러면서 문자 사회의 기록된 역사가 "남녀에게 어떤 식으로 다르게 영향을 미치고 다르게 남녀를 대접했느냐는 점에 관심을 가졌다. 남성 지배 속에서 침묵당하고 잊히고 주변화된 여성들이 있어왔다."[7]

우리가 2019년에 진행한 국가보안법 여성 구술 프로젝트는 이러한 러너의 문제의식과 닿아 있다. 『말의 세계에 감금된 것들』은 표현의 자유, 양심의 자유를 가로막고 통일과 평화 시대에 역행하는 국가보안법을 박물관으로 보내자는 전시 기획과 함께 진행한 기록이다. 그동안 국가보안법 피해자와 활동의 서사는 주로 남성의 몫이었다. 다양한 위치에 놓인 여성들이 국가보안법의 역사 속에서 드러나지 않았고 드러난들 주목 받지 못했다. 우리는 1980년대부터 현재까지 국가보안법 피해자의 가족 구성원으로서 또는 구속된 당사자로서 여성의 경험에 초점을 맞췄다. 기존 서사에 들어 있지 않은 "여성들의 질문, 여성의 관점, 여성 경험을 포함"하려는 기획이 '여성 서사로 본 국가보안법' 기록으로 이어진 것이다.[8]

한편 기록에서 시점의 문제는 이 기록이 지금 가능한가를 묻는 말이기도 하다. 그간 기록활동을 하면서 말할 때를 놓치면 기록이 얼마나 어려워지는지 생각해보게 될 때가 많았다. 삼풍백화점 참사*를 기록한 책『1995년 서울, 삼풍』은 피해자가 말하는 것이 얼마나 어려운지 여실히 보여준다. 서울문화재단이 기획한 이 책에는 총 59명의 목소리가 담겼다. 이 중 피해자는 유가족 6명, 부상자 5명에 불과하다. 삼풍백화점 참사는 사망자 501명, 부상자 937명, 실종자 6명에 달한 건국 이래 최대 규모의 재난이다. 또 서울시 차원에서 재원과 시간을 투여

---

* 삼풍백화점 참사

1995년 6월 29일 서울 삼풍백화점이 붕괴된 사건으로 502명이 사망하고 937명이 부상, 6명이 실종됐다. 해방 이래 한 시공간에서 발생한 재난 중 가장 많은 희생자가 발생했다. 부실 공사, 건설 비리가 1차 원인으로 지적됐으며, 사고 전 심각한 붕괴 전조 현상이 있었으나 사업주가 이를 무시하고 영업을 계속해 인적, 물적 피해가 더 커졌다.

해 다양한 방법으로 기록 동참을 적극적으로 홍보하고 피해자들의 증언을 독려했다. 그럼에도 피해자들의 참여는 매우 저조한 편이었다. 어렵사리 연락이 닿은 피해자들이 인터뷰를 거절하면서 한 말은 늘 같았다고 한다. "이제 와서 그때 이야기를 꺼내 뭐 하려고 합니까?"[9]

말을 하려고 해도 시간이 지나 말을 잃는 경우도 있다. 1970년 12월 15일 발생한 남영호 참사*가 대표적인 사례다. 남영호 참사는 우리 연안에서 발생한 해상 선박 재난 중 사망자가 가장 많은 재난이다. 이윤을 좇은 무리한 과적·과승이 침몰의 1차 이유였고 정부의 조난 신호 무시, 늦장 구조, 허술한 관리감독 등이 피해를 키웠다. 세월호 참사 이후 재조명되긴 했지만 사고의 진상, 하물며 이런 사고가 있었다는 사실조차 생소하게 여겨지고 있다. 특히 사망자가 250여 명 발생해 4·3 항쟁 이래 가장 큰 참화로 기록된 제주에서조차 노인 세대를 제외하고는 남영호 참사를 기억하는 이는 많지 않다. 반세기에 걸친 세월의 풍화작용 탓일까. 그렇게 보아 넘기기엔 같은 해

---

* 남영호 참사

1970년 12월 15일 전남 여수시 소리도 인근 해상에서 부산과 제주를 오가던 여객선 남영호가 침몰해 최소 319명, 최대 337명이 사망했다. 적재량보다 네 배가량 많은 화물 적재, 과다 승선이 1차 원인으로 지적됐으며, 해경이 조난 신호를 10여 시간 동안 무시하면서 초기 구조에 실패해 희생자 수가 대폭 증가했다.

발생한 와우아파트 붕괴 사고, 전태일 열사 분신 등은 여전히 기억되고 회자된다. 남영호 참사는 심각한 사건이었음에도 사회적 기억이 되지 못한 것이다.

유가족들을 수소문하고, 제주 한 도서관 보존서고에 비치된 반세기 전 신문을 뒤지고, 국가기록원에 정보를 청구해 조각난 사실들을 기우면서, 기록자는 사회적 망각의 이유도 함께 발견했다. 정권의 체계적이고 조직적인 부인과 은폐가 그 이유였다. 남영호가 침몰하자 사회 재난 최초로 국회 차원의 진상조사특별위원회까지 구성되기도 했었다. 그러나 박정희 정권은 다각적인 무마를 시도했다. 국가 책임을 부인하고, 동네 유지들을 앞세워 설득하고 회유했다. 국가가 최초로 재난 보상금을 지급하고 서귀포항에 위령탑을 건설하기도 했다. 그러면서 국가의 책임을 다했노라 선언했다. 그러고는 때가 되자 위령탑을 인적 드문 제주도 중산간으로 옮겼고, 남영호 침몰의 가사가 담긴 노래는 국가 위신을 깎는다는 이유로 금지곡으로 지정했다.[10]

이렇게 남영호 참사는 과적·과승, 안전조치 소홀로 인한 해상 사고로만 기록됐다. 이 기록이 남영호 참사를 설명하는 공식적인 서사가 됐다. 유가족들은 뿔뿔이 흩어졌다. 보상금을 받으려면 어떤 이의도 제기하지 않겠다는 각서를 써야 했다.

4·3이라는 '본보기'를 보았기에 엄혹한 군사정권 치세 하에 입을 닫은 이도 있었다. 자기 후손에게조차 가족이, 조상이 어떻게 수장됐는지조차 말하지 않았다.

참사가 일어난 지 반세기가 지나 유가족들을 찾아갔을 때 그들은 열심히 말하고자 했으나 들려줄 수 있는 말이 많지 않았다. 참사에 대한 기억도, 참사 원인에 대한 기억도, 가해자에 대한 처벌의 기억도 모두 희미했고 부정확했다. 기록과 비교했을 때 맞는 것보단 맞지 않는 것이 더욱 많았다. 이들이 말할 수 있었던 것은 가족을 잃고 살아온 삶의 고단함이었다. "우리 사건이 제대로 알려지면 정말 이 사회가 가만 있지 않을 거예요"라고 유가족들은 힘주어 강조했지만 '제대로'가 무엇을 의미하는지 유가족들은 말할 수 없었다. 기록도 때가 있음을 다시 깨달았다.

한편 기록에도 때가 있다는 건 앞서 거듭 말했듯이 시간의 경과에 따라 사건에 대한 구술자의 말하기가 달라질 수 있음을 의미한다. 과거의 일을 말한다는 건 현재의 자리에서 과거를 해석하는 일이기 때문이다. 고정된 사실이라도 그 사건에 대한 사회적 인식과 평가가 달라질 수 있다. 사건 자체는 고정되어 있어도 이를 둘러싼 사회의 풍경이 달라지면 말할 수 있는 경계와 내용이 확장되기도 하고, 때론 협소해지기도 한다.

예를 들어 여성들의 미투 운동 이후, 우리는 그간 성폭력 경험을 사회적으로 발화하지 못했던 피해자가 자기 경험을 털어놓는 변화를 목격하고 있다.

구술자 역시 변화한다. 사건의 한가운데 선 사람은 그 사건의 실체가 무엇인지 가늠하기 어렵다. 사건에 대응하기조차 바쁘다. 자신의 삶에서 이 사건이 어떤 의미인지 깨닫기도 쉽지 않다. 시간적, 공간적 거리 두기가 이루어졌을 때 사건의 의미는 보다 선명해진다. 시간의 경과에 따라, 경험에 따라, 지금 그가 선 위치에 따라 사건 그리고 사건의 의미와 해석은 다른 질감을 띤다.

초점: 누구에게 무엇을 말할 것인가

기획 과정에서 문제의식을 다듬는다는 것은 지금 누구의 메시지가 어떤 이유로 전해져야 하는지, 누구에게 어떤 메시지를 전하고 싶은지, 또 그 메시지를 전달할 형식은 무엇이 적합한지를 묻고 그 답을 찾아가는 일이기도 하다. 기록의 초점을 맞춘다는 것은 이러한 문제에 대한 답을 구체화하고 분명하게 만드는 것이다. 가령 어떤 한 사건을 기록한다고 할 때 사건 자체가 왜 발생했는지, 그 후로 어떤 상황이 이어졌는지 맥락을 짚어보아야 한다. 또 특정한 사건이나 상황에 놓인 사람을 둘러싼 담론이 무엇인지, 그 한계는 무엇인지 파악하고 논의하는 과정도 필요하다.

그리고 인터뷰에 기반한 기록은 누군가의 목소리를 세상

에 드러내는 일이다. 그러므로 기록자가 문제의식을 구체화하고 명료화하는 과정은 누구의 어떤 목소리를 공유하고 싶은가 하는 문제와 연결되어 있다. 인권기록은 사람들이 이미 알고 있다고 생각하는 이야기를 '다른 관점'에서 말하는 사람 또는 '아직 듣지 못한 이야기'를 하는 사람 곁으로 다가간다. 『다시 봄이 올 거예요』는 후자에 속한다. 이 기획을 예로 들어 기록의 초점을 어떻게 맞출 것인가 하는 문제를 살펴보자.

같은 사건으로 두 번째 기록물을 기획할 때 고민은 더 깊을 수밖에 없다. "더 알아야 할 다른 이야기가 있겠어?"라는 선입견을 흔들고 여전히 듣지 못한 목소리가 있다는 것을 보여주려면 보다 섬세한 기획이 필요하다. 누구의 목소리를 들어야 하는가. 세월호 참사에 대한 두 번째 책을 고민하면서 우리가 희생 학생의 형제자매와 생존 학생들을 주목한 것은 이들의 사회적 위치성 때문이었다. 바로 '청소년'이라는 위치다.

세월호 참사를 겪고서 시민들은 '가만히 있으라'는 말로 상징되는 대한민국 10대들의 억압적인 현실에 아픔과 분노를 표현했다. 그럼에도 10대 피해자들의 아픔과 분노는 잘 드러나지 못했다. 특히 희생 학생의 형제자매들, 생존 학생들(기록 당시 단원고 3학년) 목소리는 세월호 참사가 대체 무엇이고 10대들에게 어떤 상흔을 남겼는지를 이해하기 위해 우리 사회가 꼭 들어야 할 이야기라고 생각했다. 졸업을 앞둔 이들의 목소리는 '지금'이 아니면 듣기 힘들 수도 있었다.

참사 당시 10대인 이들의 목소리에 초점을 맞추기로 하고 인터뷰를 하기로 했다면 이제 인터뷰할 사람을 정해야 한다. 그런데 워낙 피해자가 많아 희생자의 형제자매, 생존 학생도 한두 명이 아니다. 이들 중 누구의 목소리를 들어야 하는가 하는 의문을 가질 수 있다.

구술사의 문제의식을 다시 떠올려볼 필요가 있다. 그가 누구라도 그 한 사람의 목소리는 그가 속한 집단을 대표할 수 없다. 그러므로 개별적이고 고유한 목소리의 힘을 보여주는 것이 더 중요하다. 설문조사 같은 양적 방법이 조사 대상의 대표성을 중요하게 고려하는 반면, 구술사는 개인의 삶에 영향을 미치는 구조를 드러내고 그 구조에 다양하게 반응하는 개인의 행위를 서사를 통해 드러내는 데 의의가 있다.

우리의 인권기록도 이러한 구술사의 문제의식의 결을 따른다. 우리의 기록은 대표성을 가진 목소리를 찾는 것이 핵심이 아니다. 오히려 우리가 만난 고유하지만 공유할 만한 경험을 가진 한 사람 한 사람의 서사를 어떻게 잘 드러낼까, 목소리가 제대로 보일 수 있도록 기록자는 어떻게 질문을 잘 만들 수 있을까를 중요하게 여긴다.

우리가 주목하고자 한 10대 청소년들은 스스로 목소리를 낼 기회를 가지지 못했고 꼭 들어야 할 질문이 아니라 폭력적 질문을 들어야 했다. 나이 어린 사람들을 대하는 사회의 억압적 태도를 전면적으로 경험했다. 우리는 이들이 사회적 말하기 과정을 통해 피해자에서 증언자로, 나아가 시민으로 위치를 확장할 수 있길 기대했다. 또 하나 중요한 지점이 있었다. 형제자매와 생존 학생은 10대라는 공통점을 갖고 있지만 세월호 참사에서 다른 위치에 있다. 같은 피해자여도 마음을 털어놓고 위로를 나누는 사이로 마주하기는 어려운 상황에 놓여 있었다.

작가기록단은 다르면서도 같은, 같으면서도 다른 이들의 이야기를 하나의 기록물에 담는 것으로 기획 방향을 설정했다. 책을 통해 생존 학생과 형제자매들이 만나는 기회가 되길 기대했다. 문학평론가 오혜진은 그의 책 『지극히 문학적인 취향』 에서 『다시 봄이 올 거예요』에 대해 다음과 같이 언급한다.

특히 이 책에서 가장 인상 깊은 대목은 생존학생들과 사망한 학생들의 형제자매들이 부모의 슬픔으로 환원되지 않는 고유의 슬픔을 지닌다는 점과 유가족이 된 고인의 형제자매들은 바로 그 슬픔을 부모님이나 다른 누구도 아닌 친구들과 공유하며 위로를 얻는다는 진술이다.[11]

그는 "생존 학생과 형제자매들이 동기애를 공유하는 서로의 이웃이자 동료 시민으로 성장하는 시간을 함께 겪고 있기 때문에" 이 만남이 가능했음을 지적한다.

한편 기획의 초점을 맞춘다는 것은 기록을 누구에게 가장 먼저 읽히고 싶은지 결정하는 일이기도 하다. 메시지를 전하고 싶은 대상이 누구인지, 그들이 가진 특성에 따라 어떻게 공유하는 것이 가장 적합할지 선택해야 한다. 단행본 출간, 매체 연속 기고, 비매용 책자 등 공유 형태에 따라 기획은 달라진다.

많은 경우 기획 초기에 기록물의 공개 형식을 결정한다. 인터뷰이 섭외가 가능할지 예측하기 어려운 경우에는 인터뷰를 진행하면서, 기록의 방향과 초점을 찾아가면서 공개 형식을 정하기도 한다. 가령 『금요일엔 돌아오렴』은 처음부터 단행본 출간을 기획한 것은 아니었다. 기록자들은 싸우고 있는 유가족들과 시민들을 연결할 이야기가 필요하다고 생각했지만 참사 초기부터 언론의 왜곡 보도와 정부의 거짓말을 목도하면서 앞서 말했듯 유가족의 경계심이 매우 높아진 상황이어서 인터뷰할 엄두도 내지 못했다. 한동안 투쟁의 자리에 묵묵히 함께하면서 신뢰가 쌓일 만큼 시간이 흐른 뒤에 이야기들이 조금씩 모이기 시작했고, 꼭 전해야 할 이야기의 형태가 보인 뒤에야 기록자들은 책을 고민하게 되었다.

관점: 어떤 의도로 기록하고 전달하는가

기록은 지식의 내용을 구성하고 사회적 메시지를 만들어낸다. 기록을 통해 누구의 입장에서 어떤 내용의 지식을 생산할지, 그 자체가 기획 단계에서 논의해야 할 문제의식이다. 같은 사안이나 주제라도 관점이 달라지면 문제의식이 달라진다. 관점은 인식과 해석의 틀이라고 볼 수 있다. 인터뷰이의 말은 인간과 사회, 자신이 겪은 사건을 스스로 인식하고 해석한 것이다. 마찬가지로 기록자 또한 의식하든 그렇지 않든 사회현상을 해석하는 자기 위치가 기록에서 드러난다. 기록자가 어떤 메시지를 반복해서 생산하는가? 기록자는 기존 관점에서 어떤 변화를 만들고 있는가?

기록자는 기획 방향에 따라 인터뷰이가 해석한 얘기를 재해석하고 글로 구성한다. 기록의 기획과 실행 과정에서 어떤 해석을 하느냐에 따라 다른 기록이 된다. 기록자가 관점을 가진 것을 한국 사회에서는 '왜곡'이라고 받아들이는 경향이 있지만 관점이 없는 글은 없다. 관점이 없는 척하는 글은 있다. 이러한 글이야말로 아주 강력한 의도를 가졌으면서 그것을 숨긴다는 점에서 나쁜 글이다. 오히려 좋은 기록은 관점을 잘 벼린 기록이다. 그리고 그것은 한 번으로 완성하는 과정이 아니라 질문의 계속일 수밖에 없다.

소수자의 삶을 기록한다고 생각해보자. 이때 기록자는 사회현상에 대한 통념을 재생산하는 것은 아닌지 신중하게 살필 필요가 있다. 은연중에 소수자의 삶을 '문제'로 보고 있지 않은지, 그의 삶의 맥락을 지운 채 사회 통념과 편견으로 재단해 평면적 존재로 인식하고 있지 않은지 기록자 스스로 질문해야 한다. "차별을 드러내고 문제화하겠다는 시도조차 때때로 그의 삶을 오직 하나의 문제로 환원해버리는 함정에 빠지곤 한다."[12]

예를 들면 탈가정 청소년의 자립과 주거권을 다룬 '내가 만난 이상한 나라'라는 글은 "가족 얘기를 해야 인터뷰할 수 있는 거예요?"라는 인터뷰이의 질문으로 글을 시작한다. 이러한 이야기 배치는 기록자의 의도다. 기록의 목적과도 연결된다.

탈가정 청소년의 이야기는 대부분 '불행한' 가족 서사로 시작된다. 집을 나올 수밖에 없는 이유를 밝혀야 '가출'의 정당성이 사회적으로 인정되고 이들의 이야기가 들을 만한 이야기로 수용되기 때문이다. 문제는 사회적으로 인정받을 만한 가출의 이유가 어느 정도 정해져 있다는 점이다. 고정관념에서 벗어난 이야기를 하는 서사의 주인공은 문제적 인간이 된다. 결국 탈가정 청소년은 자신의 서사를 고정된 사회적 틀에 맞춰 받아들일 수 있는 이야기로 구성하게 된다. 그가 말할 수 없어 전해지지 못한 이야기는 들을 수 없는 것이 된다.

이 글은 2020년 2월 출간한 『나는 숨지 않는다』에 실렸다. 이 책은 인권의 관점에서 차별과 혐오의 문제를 어떻게 말할 수 있을지 고민하면서 출발했다. 기획의 시작은 2018년 겨울이었다. 한겨레출판에서 우리가 해온 기록 작업을 보고 소수자의 목소리를 통한 기록, 인권 현안을 쉽게 전달하는 대중 교양서 정도의 콘셉트를 제안했다.

기록을 위한 구체적인 아이디어 찾기는 인권활동의 지형을 살피는 일부터 시작했다. 수많은 인권 현안 중 무엇을 추려 전달할지 결정하려면 현재 쟁점이 되거나 활발하게 진행되고 있는 일이 무엇인지를 알아야 하기 때문이다. 그것이 어떤 문제의식에서 출발한 내용인지도 파악했다. 최신 담론뿐만 아니라 여러 인권 현안이 사회에서 어떤 반향을 일으키는지도 살펴다. 인권 담론은 차별과 혐오의 양상과 그 구조적 원인을 파악하는 데 도움이 된다. 그뿐만 아니라 통념에 사로잡히지 않는 '적합한 말하기'('쉬운 말하기'가 아니다)를 하기 위한 발판도 마련해준다.

우리가 주목한 것은 포괄적 차별금지법 제정 운동이었다. 현재 한국에는 국가인권위원회법이 차별의 개념과 유형, 구제 절차를 일반적으로 규율하는 법률로 인식되고 있다. 동시에 장애인차별금지법, 연령차별금지법, 비정규직차별금지법, 고용상 성차별금지법 등이 차별금지 사유별 또는 차별금지 영역별로 차별을 규율하는 개별적 차별금지법으로 제정되어 있다. 따로따로 만들어져 서로 일관된 체계를 갖추지 않은 부분이 있고, 일반적 차별금지법에 포함되어야 할 핵심 개념들이 빠져 있기도 해 오래전부터 통합된 법을 제정할 필요가 있다는 주장이 제기되어왔다.

포괄적 차별금지법을 제정하려는 시도는 2007년부터 계속되었다. 17대, 18대, 19대 국회에서 법안이 발의되었으나 그때마다 동성애 혐오를 앞세운 기독교 단체들의 강력한 반대에 부딪혀 무산되었다. 포괄적 차별금지법 제정 운동은 차별에 대한 인식이 정교해지고, 차별에 대항하는 운동이 성장했음을 보여준다. 동시에 차별금지법 제정에 반대하는 이들이 보여준 사회적 소수자에 대한 혐오의 양상도 변화했음을 알 수 있다.

도서 검색을 해보니 몇 년 사이에 '혐오'라는 단어가 들어간 책이 많이 출간되었다. 이 시대의 혐오를 해석하기 위한 책이 많아졌다는 것은 사회현상으로서 혐오가 우리의 일상에 들어와 있다는 것이다. 반차별 운동의 연대를 만들려면 차별에 대한 더 깊은 이해와 서사가 필요하다는 판단이 들었다. 우리는 인권기록활동가로서 차별의 경험을 드러내는 다양한 위치의 목소리를 찾고 공유하는 일이 우리가 할 수 있는 일이라 생각했다.

관점을 벼리는 단계에서 우리는 특히 페미니즘의 교차성 이론에 주목했다. 『흑인 페미니즘 사상』 등 교차성 이론을 다룬 책과 논문을 읽으면서 억압의 복잡성을 이해하고자 했다. 우리는 "한 사람이 겪는 억압은 그 사람이 놓인 다양한 조건들을 섬세하게 고려해 분석해야 한다"고 생각했다. 기록자가 억압의 복잡성을 드러내려면 "삭제된(숨겨진) 맥락의 가능성을 질문해야 한다." 차별을 단순화하지 않고 그 양상과 구조의 복잡함을 그대로 드러내야 새로운 인식의 문을 열 수 있다. 차별 이야기의 화자를 피해자로만 호명하지 않기 위해 "자신이 발딛고 선 세계를 변화시키려 행동하거나 다른 세상으로 탈주함으로써 세계의 변화를 꾀한" 이들의 이야기를 기록하고자 했다. 『나는 숨지 않는다』의 구술자들은 자기 일상을 바꾸려 투쟁하고 있는 사람들이다. 우리의 문제의식은 피해자를 넘어 '행위자'로 이들을 해석하는 것이었다. 우리는 이들이 "세상과 대항하고 협상하며 만들어온 길에 주목"했다.[13]

관점은 문제의식을 다듬는 과정에만 적용되지 않는다. 기록 과정에서도 필요하다. 앞서 소개한 『다시 봄이 올 거예요』의 인터뷰 참여자를 모으는 과정에서 작가기록단은 기록의 취지와 관련 정보를 담은 '기록 안내 자료'를 만들었다. 416가족협의회, 형제자매 모임, 생존학생 부모회의, 생존학생들과 각각 설명회를 열었고, 이 자료를 공유했다. 이 기록을 하려는 우리(작가기록단)는 누구인지, 왜 10대와 세월호 참사를 주제로 기록하는지, 왜 형제자매와 생존학생 이야기를 같이 담으려고 하는지, 글의 형식은 어떻게 고민하고 있는지, 인터뷰 대상은 어떻게 정할지, 낯선 사람과 혼자 만나서 이야기하는 걸 부담스러워하는 사람도 있는데 꼭 작가와 일대일로 인터뷰를 해야 하는지 같은 질문을 하고 그에 대한 답을 적었다.

안내 자료에는 '당사자 존중 최우선의 원칙'도 실었다. 그 내용을 소개하고 싶다.

첫째, 희생자의 형제자매와 생존 학생이 빠짐없이 이 기록 작업에 대해 충분히 안내 받고 참여 여부를 결정할 수 있어야 한다.

둘째, 기록 참여는 당사자의 자발적 의사에 따른 것이어야 한다.

셋째, 당사자의 안전을 위해 실명 공개를 어려워하는 이들은 가명으로 처리한다.

넷째, 인터뷰, 기록물 작성, 출판, 공개 등 모든 과정에서 당사자의 동의 절차를 밟는다.

다섯째, 책의 편집 방향, 출판 방식 등도 당사자들과 충분히 의논한다.

한국 사회에서 10대들과 무슨 일을 할 때, 정확한 정보와 설명을 주지 않고 동의 절차 없이 진행하는 일이 많다. 작가기록단은 기록에 참여하는 10대들이 부당한 대우를 받지 않고 주체로 존중받는 경험을 하는 기회가 되길 바랐다.

일정 잡기와 예산 짜기

일정 잡기

기록물 하나를 만드는 데 어느 정도 일정을 잡으면 적당할까. 글은 마감이 쓴다는 말이 있듯이 일정을 짜는 일은 기록의 실행에서 핵심 단계다.

앞서 말했듯 『밀양을 살다』는 가능한 한 빨리 결과물을 만들어내는 것이 목표였다. 그러려면 기록에 필요한 과정들을 생략하거나 아주 밀도 있게 전개해야 했다. 이런 특수한 상황을 감안해 팀을 구성할 때부터 함께 작업한 경험이 있는 사람, 협업 경험은 적거나 없더라도 이러한 성격과 주제의 기록에 경험이 충분한 사람 중심으로 팀을 꾸렸고, 편집팀을 구성해 글들의 관점, 형식, 톤, 이야기별 강조점을 조율하는 권한을 일임했다. 그 결과 프로젝트 시작 2개월 만에 책으로 만들어졌다.

기록하는 주제나 대상과 관련 있는 날을 발간 시기로 잡고 작업을 진행하기도 한다. 가령 장애인권을 주제로 한 기록물이라면 420장애인차별철폐의 날* 즈음 기록물을 펴낸다. 단순히 기념의 성격을 넘어서, 이 시기에는 언론이나 사람들의 관심도도 올라가기 때문에 사회적 확산을 목표로 하는 기록이라면 기록을 조금이라도 더 알릴 방법에 기대게 되는 것이다.

필요에 따라서는 마감일을 넉넉하게 잡고 긴 호흡으로 기록을 수행할 때도 있다. 2년이 훌쩍 넘는 경우도 있다. 그러나 꼭 오래 해야 좋은 기록이 나오는 것은 아니다. 여러 이유로 기록은 시간의 제약 안에서 이루어진다. 가령 기록활동은 취재와 진행에 비용이 많이 들지만 비용 마련은 어렵다 보니 각종 지원사업에 기대어 진행할 때가 많다. 이럴 때는 좋든 싫든 지원처가 제시한 사업수행 기간 안에 결과물을 만들어야 한다. 또 시간을 너무 끌면 철 지난 이야기가 되는 기록도 있다.

---

* 420장애인차별철폐의 날

　4월 20일은 '장애인의 날'로 정해져 있다. 420장애인차별철폐공동투쟁단에서는 매년 장애인을 시혜와 동정의 대상으로 취급하는 기념일을 장애인의 권리를 쟁취하기 위한 투쟁의 날로 만들기 위해 '장애인차별철폐의 날'로 부른다 최종 마감일로부터 인터뷰 분석과 원고 집필에 필요한 시간을 설정하고 그 나머지 기간이 기획과 인터뷰 수행을 위한 시간에 배정된다. 그리고 작업 비용 등을 논의하는 과정에 들어간다. 인권기록센터 '사이' 이름으로 세 사람의 기록자가 쓴 『나는 숨지 않는다』는 2019년 초 기록 작업 기획을 시작해서 인터뷰이 11명을 만났고, 2020년 2월 출간되었다.

비용, 예산 이야기로 넘어가기 전에 두 가지 사항만 더 살펴보자. 기록물을 단행본으로 펴내고자 한다면 되도록 기획 단계에서부터 출판사를 만나는 게 좋다. 편집자가 기획 단계부터 함께 참여하면 책의 방향을 잡고 밀도를 높이는 데 도움이

	2019년(월별)											
	1	2	3	4	5	6	7	8	9	10	11	12~
기획하기	○	○	○	○								
자료 수집 및 세미나	○	○	○	○								
인터뷰이 섭외				○	○	○	○					
인터뷰 진행					○	○	○	○	○			
녹취록 작성					○	○	○	○	○			
인터뷰 분석 및 글쓰기								○	○	○	○	
편집, 교정, 인쇄												○

『나는 숨지 않는다』 작업 타임 테이블

된다. 구체적인 기획안이 나오면 출판사에 제안서를 보내본다. 기획한 주제나 관점에 대한 이해와 관심이 있을 법한 곳을 중심으로 접촉하면 좋다. 때로는 원고가 일부라도 나온 단계에서야 접촉이 가능할 수도 있다.

저작권 관련한 문제도 기록을 시작하면서 구술자들과 미리 정리해두는 것이 좋다. 아주 간단히 말하면 구술자의 말을 기록으로 옮겨 만들어진 글의 권리, 또 그로부터 발생하는 수입, 그 글에 대한 책임이 누구의 것인지 정해야 한다는 뜻이다. 보통 기록자가 저작권을 모두 가지거나 기록자와 구술자가 공동으로 가진다. 당사자 단체(지원 단체)에 귀속하는 경우도 있다. 구술기록은 구술자와 기록자의 공동 작업 성격을 지니므로 저작권을 공동으로 가지는 것이 가장 옳다고 생각할 수 있다. 원칙적으로는 그렇지만 기록자가 저작권을 가지는 것이 필요한 경우가 있다. 예를 들어 구술자가 너무 여럿인데 참여한 구술자들이 저마다 저작권을 주장하면 현실적으로 출판 자체가 어려워지는 측면이 있다. 보통은 구술자에게 인터뷰 사례비를 지급하고 저작권은 기록자 혹은 단체가 갖는다.

특수한 상황도 있다. 이를테면 특정한 피해자군을 대표하는 단체가 있을 때 개별 구술자와 이 단체의 입장이 상충하는 경우가 발생하기도 한다. 때로는 이 단체에서 구술자에게 어떤 목소리는 내지 말라는 요구를 할 수도 있는데 이런 경우 기록자가 구술자를 보호하는 역할을 해야 할 수도 있다. 저작권을 가진다는 것은 글에 대한 책임을 진다는 말이기도 하다. 보통은 저작권을 갖는 사람이 인세를 받지만 별도의 협약서로 구술자와 공동 배분하는 형태로 정할 수 있다.

예산 짜기

기획을 위해 수많은 자료를 검토하고 여러 사람이 모여 수차례 회의한다. 인터뷰는 사람을 만나러 다니는 일이다. 때에 따라 전국 곳곳을 누벼야 한다. 인터뷰 장소를 대여하고 구술자를 위한 차나 식사를 준비한다. 인터뷰는 최소한 두 번 이상 진행하고, 대화를 문서로 옮긴 후 수없이 읽으며 글을 만들어야 한다. 달리 말하면 한마디로 돈이 든다.

그러므로 기록을 현실화하는 데 일정만큼이나 중요한 것이 예산 확보다. 예산은 기록에 관심 있는 이들이 자주 묻는 내용이다. 그러나 기록의 필요성에 사회적 인식은 높아지고 있는데 비해 기록이라는 노동에 대한 보수와 작업비에 대한 이해는 높지 않은 편이다. 특히나 인권침해를 겪는 피해자의 목소리를 기록하고 인권 현안을 알리는 일이라고 하면 무보수 아니면 아주 적은 비용을 당연시하는 경향이 있다.

출판사와 책을 내기로 하고 계약을 맺으면 계약금(선인세)을 받는다. 계약금은 통상 100만 원 내외다. 이 돈만으로는 기록활동에 드는 비용을 충당하기 어렵다. 그래서 우리는 보통 각종 공익재단 지원사업이나 소셜펀딩 등을 통해 예산을 마련한다. 이 또한 녹록지 않다. 지원 사업은 예산 규모가 정해져 있고, 기록의 규모에 비해 충분하다고 말하기는 어려운 수준이다. 무엇보다 기록은 사람이 하는 일이고, 기록활동의 예산은 주로 인건비로 구성될 수밖에 없는데 대개의 지원사업은 지원단체의 인건비로 사용할 수 있는 금액이 제한적이다. 그동안 이루어진 인권 현장에 대한 기록활동은 예산 확보가 어렵다 보니 대부분 기록자들의 노동에 대한 비용은 제외하고 진행 비용(교통비, 숙박비, 식대 등)만을 마련하는 방식으로 이루어졌다. 그래서 많은 기록자가 삶을 유지하기 위해 기록 외의 다른 일을 함께 하는 실정이다.

실제 기록활동에 어떤 항목으로 어느 정도 돈이 드는지 살펴보면 이해가 편할 것이다. 기록활동 예산은 전체 인터뷰이 규모와 기록 기간에 따라 달라진다. 크게 기획 관련 예산, 인터뷰 진행 관련 예산, 기록자의 인건비로 구성할 수 있다. 기획 관련 예산은 자료 수집과 검토에 필요한 비용과 회의 진행비로 나뉜다. 인터뷰 진행 관련 예산은 진행비와 구술자 사례비로 나눌 수 있다. 인터뷰 진행비는 교통비와 인터뷰 장소를 확보하는 데 드는 비용, 다과와 식사비용 등이다.

설명이 필요한 부분은 사례비에 관한 내용일 것이다. 우리는 적은 예산 규모 안에서도 가급적 구술자에게 사례비를 지급하려고 노력한다. 구술자의 수고에 대한 감사와 연대의 마음을 표현하는 것이기도 하고, 사회적 약자인 구술자들이 인터뷰 시간을 내서 오려면 하루 치 노동을 포기하고 나와야 할 때도 있기 때문이다.

인건비는 기록자의 기록노동에 대한 비용이다. 우리는 임의적으로 인터뷰, 녹취록 제작, 원고(글) 제작으로 나누어 비용을 책정한다. 여기에 우리는 공동기록의 특성상 코디네이터 인건비를 예산에 포함한다. 코디네이터는 기록 작업의 일정부터 회의 준비, 작업에 필요한 연락, 출판 관련 일 등을 체크하고 조율하는 역할을 한다. 여러 사람이 모여서 하는 일이라 자칫 산만하거나 느슨해질 수 있는 일에 긴장감과 구심력을 주는 코디네이터 역할은 매우 중요하다. 그 수고에 대한 충분한 비용이라곤 할 수 없지만 존중의 마음을 담아 최소한의 활동 실비 정도는 배정하려고 애쓴다.

기획은 기록 이후까지를 포함한다

글을 쓸 때 기록자는 주요 독자층이 누구인지, 다시 말해 누구에게 말을 걸고 싶은지를 생각하면서 글의 방향을 정한다고 했다. 기록을 공개하고 전달하는 방식 또한 보고서, 단행본, 매체 연재 등 다양한 방식 중에서 필요에 따라 선택할 수 있다고도 했다. 우리는 여기서 한 발 더 나아가 기록을 공유하기 위한 활동 기획까지도 비중 있게 고민한다. 누군가는 이렇게 물을 수도 있다. "아니 왜 기록하는 사람이 그런 것까지 고민해야 하지? 단행본이라면 홍보는 출판사에서 하면 되는 거 아닌가?" 인권기록활동에서 '기록 이후의 활동'은 단순히 널리 알리려는 목적 때문만은 아니다. 우리는 함께 읽기, 즉 기록의 사회적 의미를 찾는 과정으로 기록 이후의 활동을 고민하고 실행한다.

우리에게 처음 기록활동이란 말을 고민하게 했던 책『금요일엔 돌아오렴』은 출간 후 전국에서 40회 넘는 북콘서트를 진행했다. 유가족은 이 자리에서 그동안에는 쉽사리 얘기하기 어려웠던 이야기를 풀어냈다. 경청하는 사람들 앞이었기 때문이다. 유가족들은 자신의 아이가 세월호 참사로 희생된 304명 중 한 명 또는 '이름 없는 존재'가 아니라 고유한 세계를 가진 구체적인 존재로 시민들에게 다가가는 것을 보았다. 아이가 사람들 안에 기억되어 이 세상에 존재할 수 있다는 기대가 생겼다. 시민들은 유가족 역시 자신과 같은 '평범한' 사람들이었음을 확인하면서 재난이 자신의 일이 될 수 있음을 알게 됐다. 또 유가족과 서로 말을 주고받음으로써 쉽게 그의 사정을 외면할 수 없는 책임 관계에 놓이게 되었다.

작가기록단만의 힘으로 만든 활동은 아니다. 유가족을 지원하고 시민들의 활동을 연결하는 중심에 섰던 세월호 참사 국민대책회의와 각 지역 세월호 시민모임이 함께 힘을 모았기에 가능했다. 모임을 준비한 시민들은 책의 독자로 그 자리에 선 것이 아니라 고통을 안은 사람들 목소리에 응답하고 우리가 직면한 위험에 함께 책임지는 사람으로 함께 했다.

회를 거듭하면서는 특히 지역 이슈와 세월호 참사를 연결하는 일에도 중점을 두었다. 강릉에서 열린 북콘서트에서는 속

초에 살고 계시던 삼성전자 백혈병 산재 사망피해자 고 황유미 씨의 아버지 황상기 씨를 초청해 이야기를 나누었다. 경주에서는 노후 원전과 방사물 폐기장 문제를 고민해온 지역 활동가와 시민의 목소리를 함께 담았다.

『금요일엔 돌아오렴』 이전에 『밀양을 살다』를 출간한 후에도 비슷한 자리가 만들어졌다. 이 책이 한국출판문화상을 수상하고 북콘서트가 열렸을 때, 이 자리에 쌍용자동차 해고 노동자, 세월호 참사 유가족, 용산 참사 유가족, 제주 강정마을에 함께 하는 문정현 신부를 초청했다. 게스트들은 각자 『밀양을 살다』에 수록된 밀양 주민의 말 중 가슴에 와닿은 대목을 이어 달리기하듯 낭독했다.

기록의 목적에 따라서 사회적 읽기의 장을 구성하는 방식도 달라진다. 형제복지원 피해생존자 구술기록집 『숫자가 된 사람들』은 출간 후 첫 북콘서트를 국회에서 열었다. 형제복지원 진상 규명과 피해 회복을 위한 특별법 '내무부 훈령에 의한 형제복지원 강제수용 등 피해사건의 진상 및 국가책임 규명 등에 관한 법률안'이 임시국회에 발의된 상황에서 힘을 실을 필요가 있었기 때문이다. 또 형제복지원이 있던 부산에서도 북콘서트를 기획했다. 서울 중심 사회인 한국에서 형제복지원 문제가 힘을 얻으려면 해당 지역에서 여론이 환기되는 것이 중요하다고 보아서다. 다른 중요한 이유는 많은 피해자가 여전히 부산에 살고 있다는 점이었다. 부끄러워하며 숨은 존재에서 싸우는 사람으로 이웃과 만나기로 한 피해자들의 마음을 생각하며 부산 시민들과 함께하는 장을 고민했다.

세월호 참사 기록은 북콘서트만이 아니라 다양한 미디어를 통해 사회적 확산을 시도했다. 『다시 봄이 올 거예요』 작가 기록단은 10대들이 이 책을 더 많이 만나기를 바랐다. 10대들에게 더 일상적이고 친숙하게 다가갈 수 있는 기록의 공유 형식이 무엇일지를 고민한 끝에 책의 일부 내용을 만화로 엮어보자는 의견이 나왔다. 김한조, 남팽, 박건웅, 소복이, 윤필, 5인의 만화가가 2016년 3월 29일부터 4월 26일까지 웹툰을 다음 카카오 스토리펀딩에 연재했다. 펀딩으로 모인 돈은 후원자와 중고등학교 도서관에 『다시 봄이 올 거예요』 책을 보내는 데 사용했다.

연재 전에 조마조마한 마음이 있었다. 포털사이트 연재는 사람들이 댓글을 바로 작성할 수 있고 그중엔 악성 댓글도 있기 때문에 이를 보고 형제자매와 생존 학생들이 상처를 받지 않을까 하는 염려가 있었다. 실제 웹툰 연재에 대한 기획을 공유하자 인터뷰이들은 기획과 진행은 동의하고 지지하면서도 악성 댓글에 대한 걱정 어린 마음도 표현했다. 드디어 연재가 시작되고, 우리는 댓글부터 확인했다. 올라온 댓글을 하나씩 읽고 안도했다. 희생자의 형제자매와 생존 학생들을 지지하는 따뜻한 댓글들에 울컥했다. 날마다 독자 수가 올라가고, 응원하는 목소리가 쌓이고, 다른 채널로 더 널리 공유되었다. 만화가들과 새롭게 협업을 하는 과정에서 논의하고 결정해야 하는 일의 가짓수가 늘었지만 우리가 전할 이야기를 궁금해하는 사람들이 있다는 사실에 힘을 얻었다.

이러한 경험들 속에서 우리는 '기록활동'이라는 말을 통해 참사를 둘러싸고 다양한 주체들의 실천과 역동이 있음을 드러내고자 했다. 생산된 기록이 또 다른 이야기로 이어지면서 서사의 층을 여러 색깔로 두텁게 만드는 과정이 사회적 읽기의 과정이며, 이를 위해 다양한 만남을 기획하는 것이 기록활동의 의미이기도 하다.

2부

인터뷰,
사회적 대화의
문 열기

그 수많은 질문이 말하는 것

우리는 일상에서 나에 관해 말해야 하는 질문에 수없이 마주친다. "안녕하세요?" "잘 지내시죠?"라는 의례적 인사부터 "몇 학년?" "나이가?" "남자/여자 친구는?" "결혼은?" "아이는?" "집은?" "하시는 일은?" 같은 구체적 질문까지 아우른다. 오랜만에 만난 지인이나 일 관계로 만난 사람들은 물론이고 스쳐지나는 관계일 뿐인 사람들조차 나의 안부를 묻는다. 누군가는 아무 의미 없는 관례적인 인사 혹은 말버릇으로 묻는 것일 수도 있고, 누군가는 친밀함을 표시하려는 것일 수도 있다.

의도가 무엇이건 질문을 받는 입장에서는 불편하고 때론 곤혹스럽다. 나를 어느 정도 내보일지 매순간 판단이 필요하기 때문이다. 나의 물음이 상대방에게 어떻게 가닿을지 고민하지

않을 때, 호의를 담은 관심도 불편한 고백을 강요하는 폭력이
된다.

"사람들은 왜 학생이냐, 몇 학년이냐 묻는지 모르겠어요."
(탈학교 청소년)

"동네 미용실 갈 때마다 어디 사느냐고 묻는데 ○○에 산다
고 하면 '아 그 못사는 동네' 하는 얼굴로 보는 것 같아요."(임
대아파트 거주자)

"몇 학번이냐고 물으면 머쓱해져요. 제 또래면 다 대학생일
거라 생각하니까."(실업계고 출신 청년)

"동료들이 여자 친구 있냐고 묻는데 난감하죠. 내 애인은
남자인데."(성소수자)

"헬스장 트레이너가 결혼했냐고 묻길래 그렇다고 하니까
또 아이가 있냐고 물어요. 하늘로 떠나버린 아이를 있다고 해
야 할지 없다고 해야 할지, 어떻게 답해야 할지 모르겠더라고
요."(아이를 잃은 부모)

나 역시 수도 없이 내 세계를 중심으로 안부를 물음으로써 타자에게 불편한 고백을 강요하곤 했다. 고모와 사는 아이에게 "엄마는?" 하고 묻거나, 간호학원에 다니는 20대 청년에게 "방학이죠?"라고 묻고 돌아온 답에 온몸에 식은땀이 흘렀더랬다.

　　이런 경험들이 쌓이면서 서서히 깨달았다. 사람은 묻는 것에만 관심 있거나 자신의 경험과 세계를 기준으로 타인을 대하기 쉽다는 걸. 사회가 만든 '정상성'의 범주에 속한 사람일수록 물음에 배려가 없기 쉽다는 걸. '안전한' 삶의 울타리 안에서 살아갈수록 상대방에 대한 고려를 쉽게 놓친다는 걸.

　　반대로 묻지 않음으로써 어떤 존재를 사회와 세상에서 밀어내는 경우도 있다. 가령 중증 장애를 가진 성인을 만났을 때, 다른 이들에게라면 진작 물었을 결혼은 했는지, 아이는 있는지 하는 질문을 아예 하지 않는 것이다. 배려하는 마음에서 그런 것일 수도 있지만, 그를 무성적 혹은 중성적 존재로 간주하고 아예 질문할 생각을 하지 않는 건지도 모른다.

　　끊임없이 실수하면서 나는 흔한 일상의 안부조차 타자와의 만남에 대한 기대를 품고 있을 때 비로소 온전히 가닿을 수 있음을 배운다.

　　인권기록을 하면서 우리는 기록자와 구술자의 만남이 서

로 경청하는 두 사람이 서로에게 한 발짝 더 다가서는 시간이
길 지향한다. 같아 보이지만 다른, 달라 보였지만 교점 많은 서
로의 삶에 대해 배우고 성찰하고자 한다. 그러니 인권기록 인
터뷰에서 타인에게 묻는다는 것은 그의 세계를 방문해도 좋겠
는지 묻는 노크가 되어야 한다. 그에 대해 알고 싶다는 진심 어
린 의지의 표현이자 그의 세계에 들어가고 싶다는 바람의 표
현일 때 질문은 의미가 있다.

　동시에 묻는다는 것은 나의 세계 역시 그에게 보여주겠다
는 약속이기도 하다. 나를 보여주지 않고서는 온전히 그의 세
계와 만날 수 없다. 이러한 만남을 고민하지 않는 물음이라면
그 물음은 나의 호기심을 충족하려는 방편에 지나지 않는다.
우리가 묻고, 듣고, 기록하고자 하는 것의 토대는 그의 세계에
속한 것이므로, 그에 대한 존중 없이는 제대로 된 인터뷰가 행
해질 수 없다. 또 타인의 세계와 만날 설렘과 감사를 품지 못한
다면 타인의 세계와 나의 세계 사이에 교감이 일어날 수 없다.
그렇다면 서로를 초대하고 환대하는 인터뷰가 되려면 어떤 태
도와 접근법이 필요할까?

사전조사, 잘 듣고 잘 묻는 몸 만들기

종종 인터뷰란 무엇인지 정의해달라는 요청을 받는다. 몇 년간 내 답은 하나였다.

"인터뷰는 사회적 대화다."

대화의 사전적 정의는 "서로 마주하여 이야기를 주고받음"인데 경험상 인터뷰야말로 이 사전적 정의에 부합한다. 기록자와 구술자가 얼굴을 마주하고, 시선을 나누며, 삶과 특정한 사건에 대한 진술하면서도 묵직한 이야기를 나누기 때문이다.

하지만 인터뷰는 일반적 대화와는 구분된다. 특별한 목적과 주제가 있는 공적 대화라는 점, 대화에 참여한 사람 이외에 누구일지 모를 제3의 청자가 고려된다는 점, 대화에 참여한 이들(주로 묻고 듣는 자와 답하고 이야기하는 자)의 역할이 정해져 있다는 암묵적 합의가 존재한다는 점에서 그렇다. 또 보통의 대화가 사적 관계에서 소통과 교감, 이해를 목적으로 한다면, 인터뷰는 사회적 소통과 교감, 이해 진작을 추구하는 사회적 대화라는 점에서도 다르다.

사회적 소통이기 때문에 인터뷰라는 대화에 나설 때는 인터뷰 주제(사건, 사안 등) 또는 구술자에 대한 꼼꼼한 사전조사가 필요하다. 이는 일반적인 대화에서도 소통을 위한 중요한 덕목이다. 여행에 나서기 전 여행지에 대한 정보를 꼼꼼히 살피거나 최신 지도를 갖추는 행위와 같다. 우리는 모든 분야의 척척박사가 아니다. 어떤 분야에 풍부한 지식과 정보, 경험을 갖고 있더라도 다른 분야에는 문외한일 때가 많다. 주제, 사건과 사람에 대해서도 마찬가지다.

사전조사 없이 무작정 인터뷰에 들어가면 적절한 질문을 던지지 못할 수도 있고, 구술자에게 성의 없는 사람이라는 좋지 않은 인상을 남길 수도 있다. '취재하겠다면서 그것도 안 알아보고 왔나?' 나를 취재하러 왔다면서 기본 자료도 살펴보지 않고 찾아온 기자들을 만날 때마다 나도 항상 그런 생각을 했다.

대화의 즐거움을 맛보고 서로에게 좋은 인터뷰가 되려면

인터뷰의 주제, 사건의 전말, 인물의 배경 등을 미리 파악해야 한다. 그러고 나서 이를 바탕으로 미리 계획을 세워야 한다. 무엇을 눈여겨볼지 어떤 질문을 던질지 계획을 세울 필요가 있다. 기사 쓰기, 과제 작성, 심층면접을 통한 연구, 구술(생애)사 쓰기…, 인터뷰 목적이 무엇이든 이러한 준비와 계획은 반드시 필요하다. 공동기록이라면 이러한 준비 과정을 함께 진행한다.

2006년 경기도 평택 대추리에서 쫓겨난 주민들의 생애사 작업을 제안 받아 한 적이 있다.* 인터뷰 전에 나와 동료들은 크게 두 범주로 사전조사를 실시했다. 하나는 자료조사, 다른 하나는 현장조사였다. 우리는 먼저 대추리 미군기지 반대 투쟁과 주민들의 생애사와 관련된 자료를 모았다. 언론 보도, 각종 자료집, 단행본, 논문 등을 추렸다. 이 자료를 바탕으로 우리만의 사건별, 인물별 연표를 작성했다.

---

* 평택 대추리 투쟁
  2004년 8월, 한국과 미국이 용산기지와 미2사단을 경기도 평택시 팽성읍 대추리 일대로 이전하는 협정에 합의하면서 대추리 주민들의 투쟁이 시작됐다. 일제강점기와 한국전쟁 때 한 번씩, 대추리 농민들은 갯벌을 개간해 농토를 만들어 살던 곳에서 두 번이나 강제로 쫓겨났다. 2006년 5월 4일 '여명의 황새울'이라는 잔혹한 진압 작전이 실행되었고, 주민들은 2007년 5월 935일째 촛불행사를 마지막으로 정든 땅을 떠났다. 100여 명이 인근 노와리로 집단 이주해 '대추리 평화마을'로 스스로 이름 붙이고 살아간다. 평화마을 주민들은 대추리를 되찾기 위한 투쟁을 멈추지 않고 있다.

자료를 모아놓고 나니 기존의 서사와 관점이 성인 남성 중심으로 구성됐음이 눈에 띄었다. 또 대추리는 미군기지 건설로 두 번 강제수용과 강제이전을 경험했다는 점 역시 중요하게 체크해야 할 항목이었다. 유사한 경험은 뒤섞어 말하기가 쉽고 이럴 때 기록자가 사건을 구분해 잘 되짚지 못하면 인터뷰 내용이 혼란에 빠지기 쉽다.

자료를 수집한 뒤 우리는 모든 구술자를 위한 공통 질문, 여성 구술자에게만 던질 공통 질문, 개인별 특성에 맞춘 질문으로 나누어 질문지를 작성했다. 큰 범주의 질문만 50개가 넘었다.

사전조사의 다른 한 축인 현장조사에서도 우리는 인터뷰를 위한 토대를 다질 수 있었다. 우리는 싸움 이후 40여 가구 주민들이 집단 이주해 함께 사는 마을을 돌아보았다. 대추리 미군기지 반대 싸움을 기록해놓은 대추리평화박물관도 방문했다.

이장님을 만나서는 대추리 마을의 역사, 싸움의 역사, 사람들의 역사에 대해서 문헌자료로는 접근할 수 없는 이야기도 들었다. 예를 들면 이런 것이다. 대추리 주민들은 다른 마을에 가면 농기계부터 보게 된다는 이야기, 사람이 태어나 성장하고 늙어가듯이 땅에도 삶의 순환이 있는데 대추리 땅은 가장 빛

나는 청춘 시절을 빼앗긴 것이라는 이야기, 평화박물관에 전시된, 매년 논에서 쓰던 모판에 그린 그림을 가리키며 "이게 바로 농사가 끝났다는 거야"라며 통탄해하던 표정들. 농토를 잃은 농부의 씁쓸한 뒷모습은 사전조사가 아니었으면 헤아리지 못했을 것이었다.

주민들의 삶이 터전이자 오랜 싸움의 장소였던 빼앗긴 대추리에도 가보았다. 읍내에서 너무 멀어 다니기 힘들었다는 시골 마을에는 널찍한 격자 도로가 반듯하게 깔렸고, 반세기 동안 일궜던 마을과 논은 높고 기다란 철책 안에 갇힌 미군기지가 되었다. 어디가 마을이었고 어디가 학교였는지 흔적을 찾을 수 없었다.

1차 인터뷰 후 나는 혼자서 내가 맡은 구술자의 농토를 찾아가 보았더랬다. 대추리 땅에서 쫓겨난 뒤 받은 보상금으로 마련한 농지였다. 충남 서산에 있는 그곳은 구술자의 집에서 무려 60킬로미터나 떨어진 곳이었다. 내비게이션에도 잘 잡히지 않는 주소를 찍고 길을 나서니 북적이는 마을을 지나 차 한 대가 겨우 다닐 수 있는 외길 언덕 끝자락에 그의 논이 있었다. 지난 10년, 한 해도 거르지 않고 그 먼 길을 매일 달려 낯선 외지 마을에 농사지으러 오는 농부의 마음은 어떠할까. 농작물은 농부의 발걸음 소리를 듣고 큰다는데 땅을 빼앗겨 남의 동네에서 농사를 짓는 농부의 마음은 또 어떨까. 더듬어보아도 가 닿아지지 않았다.

이런 현장조사가 없었다면 미군기지가 되어버린 땅을 "우연히 지나기만 해도 심장이 터지겠다"라던 말의 의미도, 오가는 길이 서럽고 외로웠겠다던 나의 말에 답해주던 처연한 웃음도 제대로 알아채지 못했을 것이다.

사전조사는 다양하게 이루어질 필요가 있으며, 공을 들이고 발품을 판 만큼 인터뷰를 비옥하게 해준다. 하지만 사전조사는 그야말로 인터뷰를 위한 배경 지식을 확보하는 차원으로 접근해야 한다. 사전조사에 애매한 지점이 있다면 막연하게 추측하기보다는 인터뷰를 하면서 구술자에게 직접 묻는 것이 좋다. 또 매우 당연하게 생각되는 사건, 현상, 용어, 정의에 대해서도 구술자에게 다시금 물어볼 필요가 있다. 당사자의 언어가 현장의 생생함과 맥락의 의미를 보다 잘 드러내줄 수 있기 때문이다.

가령 삼성중공업 거제조선소 마틴링게 프로젝트 건조 현장에서 2017년 5월 1일 발생한 크레인 충돌, 추락 사고를 목격하고 트라우마를 안은 노동자 9명의 이야기를 담은 『나, 조선소 노동자』 작업 당시 우리가 만난 한 조선소 노동자는 관리자들을 '은바가지'라고 불렀다. 이는 현장 노동자들이 쓰는 안전모와 구분되는 관리자들의 안전모를 비유해 표현하는 말이기도 했지만, '바가지'를 머리에 쓴 모습이라는 조롱과 풍자의 표현이기도 했다. 이를 통해 우리는 관리자들에 대한 현장 노동자들의 인식을 엿볼 수 있었다.

공적인 친밀함과 신뢰, 라포 만들기

괜찮은 대화는 괜찮은 관계 맺기에서 가능하다. 인터뷰도 마찬가지다. 때문에 인터뷰 방법을 다룬 책에서 예외 없이 강조하는 것이 기록자(인터뷰어)와 구술자(인터뷰이) 사이의 관계 형성, 즉 라포 형성이다.

라포는 '다리를 놓다'라는 어원을 가진 프랑스어 라포르(rapport)에서 왔다. 국어사전에는 "두 사람 사이의 공감적인 인간관계 또는 그 친밀도"라고 정의되어 있다. 전통적으로 라포는 정신분석학, 교육학처럼 상호 유대관계가 중요한 학문 분야에서 중요성이 강조되어왔다. 이는 사적 관계와는 다른 공적 관계에서 상호 간의 강한 유대감 형성을 의미한다. 인터뷰의 관점에서 보자면 라포가 잘 만들어지면 서로 신뢰하고 교감하고 공감한 상태에서 깊은 대화를 나눌 수 있고, 이를 통해 구술자에 대한 두터운 이해와 기술(記述)이 가능해진다. 그렇다면 기록자와 구술자는 어떻게 좋은 라포를 형성할 수 있을까?

기록하는 사람들 중에는 종종 매우 수줍어하고 과묵한 이들이 있다. 그이들은 한두 시간을 마주 앉아 있어도 먼저 말을 건네는 법이 없다. 저런 성격인데 낯선 타자와 만나 인터뷰하는 게 가능할까 궁금한 적이 많았다. 투명 망토가 있다면 그걸 두르고 몰래 따라가 인터뷰 비법을 캐내고 싶은 그런 느낌이랄까?

시간이 흘러 알게 된 사실은 외향적이며 낯가림 없는 서글서글한 성격이 라포를 형성하는 데 중요한 조건은 아니라는 점이다. 때로는 과묵한 이가 안정감과 신뢰감을 주기도 하고 때로는 반대로 친근한 태도로 다가가는 이에게 속내를 터놓는 게 더 편안할 때도 있다. 라포는 첫인상 같은 느낌만으로 형성되기도 하고, 시간을 두고 의사소통하고 관계 맺는 과정으로 만들어지기도 한다. 접촉 횟수나 기간과 꼭 비례하지도 않는다. 주변의 평판, 신뢰가 영향을 미치기도 한다. 다시 말해 라포가 만들어지는 동인이나 계기, 과정은 매우 다양하다. 하지만 보다 명확한 사실은 인터뷰에서 라포는 진심 어린 존중과 태도에서 여문다는 점이다.

동시에 기록자가 구술자를 수단화하지 않을 때 보다 인권친화적인 인터뷰가 될 수 있다. 구술자를 수단화하지 않는다는 것은 그를 내 작업의 도구나 방법으로 삼지 않겠다는 의미다. 인터뷰의 전 과정에서 구술자를 중요한 참여자로, 나아가 기록의 성격에 따라서는 동등한 협업의 주체로 존중하겠다는 뜻이다.

이러한 관점에서 본다면 아래와 같은 내용은 인터뷰에 나선 기록자들이 가져야 할 기본적 태도일 것이다.

약속 지키기

약속을 지키는 건 모든 관계의 바탕이다. 일정을 지키는 것은 물론이고 인터뷰 내용 비공개, 사후 동의 등을 약속했다면 반드시 이 약속을 지켜야 한다. 약속한 사항에 변경이 필요하면 양해를 구하는 게 맞다.

관계의 목적을 확인하기

대화와 만남의 성격을 알고 또 서로 그것에 대해 명확히 이야기하고 확인할 때 인터뷰 과정, 그로부터 형성된 관계에 대한 오해나 실수가 줄어든다.

경청하기

기록자가 듣게 되는 것은 어떤 주제에 대한 이야기나 사건에 대한 증언에 한정되지 않는다. 그의 삶, 그 삶을 관통한 경험과 감정, 사유다. 그걸 들을 수 있다는 건 때론 기록자에게 주어지는 영광이다. 그리고 그만큼 책임도 무겁다. 때문에 경청하려는 자세는 태도가 아닌 마음일 필요가 있다. 또 구술자는 온몸으로 말한다는 점에서 그의 목소리뿐 아니라 표정, 몸짓 등도 주의해 살필 때 더 많은 것을 보고 듣게 된다. 결국 경청은 단순히 보고 듣는 수동적 상태를 넘어 지금껏 침묵하거나 함구했던 이들에게 말을 걸고 온몸으로 들음으로써 구술자가 좀 더 잘 말할 수 있도록, 좀 더 크게 말할 수 있도록 곁을 지킨다는 의미를 지니기도 한다.

존중하기

기록자가 구술자보다 학력, 직업, 자원 등 사회적 권력 관계에서 우위에 있는 경우가 종종 있다. 기록자가 사건이나 사회에 대한 보다 많은 전문 지식을 갖고 있을 수도 있다. 인터뷰 과정은 이러한 권력과 위계, 자원과 지식을 서열화하는 자리가 아니다. 구술자의 삶에 관해서는 당사자만큼 잘 아는 사람이 없다는 존중의 태도를 잃지 않아야 한다.

권한 나누기

인터뷰 목적과 의도가 무엇인지를 인터뷰 전에 솔직하게 이
야기 해야 한다. 그리고 인터뷰 내용이 어떻게 사용될 것인지
를 공유하며, 공개될 결과물을 사전에 검토하도록 해 이에 동
의를 얻는 과정 또한 거쳐야 한다. 이때 인터뷰 과정에서 들
은 이야기가 아무리 매력적이라도 구술자가 비공개를 원한
다면 그 뜻을 존중한다.

라포의 그늘

라포에도 어두운 이면은 있다. 기록자와 구술자가 감정적
으로 과하게 밀착해 사적 관계와 공적 관계의 경계가 모호해
지면서 문제가 발생하는 경우다.[14] 이는 크게 두 가지로 구분
할 수 있다.

첫 번째는 이미 형성된 사적 관계가 인터뷰 관계로 전환
되면서 라포와 사적 감정이 뒤섞여 인터뷰를 방해하는 경우다.
일례로 인터뷰 강좌 수강생들을 대상으로 누구와 인터뷰하고
싶은지 물으면 많은 여성이 엄마를 꼭 한번 인터뷰해보고 싶
다는 기대를 내비치곤 한다. 이는 누군가의 딸이자 아내였으며

며느리이자 엄마였을 엄마를 넘어 제 이름을 가진 한 개인이자 여성으로서 엄마를 보다 깊게 이해하고 교감하고 싶은 바람일 게다.

이런 희망이 성공한 경우는 많지 않다. 좌절의 이유는 대동소이하다. 거리 두기에 실패하기 때문이다. 진지한 마음으로 인터뷰를 요청했지만 "남사스럽다", "해서 뭐 할 건데", "너 다 알잖아", "해줄 얘기가 없다" 같은 이유로 시작조차 거절당하는 경우가 많다.

이 관문을 힘겹게 통과해 인터뷰가 시작되더라도 인터뷰 과정에서 한 사건에 대한 서로 다른 기억과 생각으로 언성을 높이다가 결말에 도달하지 못한 경우도 많다. 엄마가 말하고 싶은 것과 자녀가 듣고 싶은 것 사이의 간극이 좁혀지지 않아 중단되기도 한다. 감정이 얽힌 친밀한 관계에서는 '공적 관계' 형성이 쉽지 않다.

이렇듯 기록자와 구술자 사이의 사적 친밀함, 신뢰는 인터뷰에 늘 좋은 것이 아니다. 잘 알기 때문에 더 많이, 더 깊게, 더 제대로 물을 수 있다고 생각하지만, 반대로 잘 알기 때문에 인터뷰에서 필요한 거리 유지가 어려울 수도 있다.

차별과 혐오가 만연한 사회에서 사생활을 보호하고 '아웃팅'되는 것을 방지하기 위해 성소수자 단체 활동가들이 직접 알고 지내던 HIV/AIDS 감염인들을 대상으로 인터뷰를 진행한 적이 있는데 이 과정에서 논란이 제기되었다. 당시 인터뷰 논란에 대한 기록은 이 대목에서 좋은 참고점이 된다.

구술자에게 편안함을 주기 위해 잘 모르는 사람이 인터뷰를 진행하기보다 평소 잘 알고 있는 사람을 주 인터뷰 진행자로 선택했지만 오히려 구술 인터뷰 진행에 방해 요인이 되기도 했다는 평가가 있었다. 한 번쯤 들어봤던 이야기가 나오면 그 주제를 더 끌어내기보다 둘 사이의 수다로 이어지거나 이미 다 알고 있는 내용이라는 전제 속에서 인터뷰가 생략되기도 하고, 말을 가로챈 적도 있다.[15]

친밀한 관계에서 구술자는 "당신이 더 잘 알잖아?" "뭐 그런 걸 물어?" 이렇게 말하며 답을 건너뛰기도 한다. 반대로 둘 사이에 흐르는 어떤 미묘한 감정의 잔류가 서로의 말과 마음의 교감을 가로막기도 한다. 친밀한 사이이기 때문에 튀어나온 이야기가 공개되는 글이 될 때 또 다른 문제를 야기할 수도 있다. 오랫동안 함께 한 관계보단 낯선 관계가 깊은 속내를 드러내기 더 편할 때가 있다.

두 번째는 인터뷰를 위해 형성된 라포가 사적인 친밀감과 교감으로 이해되는 경우다. 경험상 기록자나 구술자가 외롭거나 고립된 상황에 놓여 있을수록, 다른 곁이 없거나 관계가 파괴된 상황에 있을수록, 라포를 사적인 관계로 오해하거나 이 관계를 더 발전시키고자 하는 기대를 품으면서 둘 사이의 관계가 꼬인다.

이렇게 꼬인 관계는 인터뷰 과정과 결과에도 큰 영향을 끼친다. 인터뷰에서 적절한 거리가 유지되지 않아 인터뷰 과정에 혼란이 초래되기도 하고 인터뷰 결과물을 사용하는 데 제동이 걸리기도 한다. 다행히 인터뷰는 잘 마무리되었다 할지라도 그 후 관계가 어색해지거나 불쾌하고 불편한 기억으로 남는 일도 있다.

나 또한 구술자의 감정적 밀착 때문에 심각하게 고민한 적이 몇 차례 있다. 한 번은 소위 해피엔딩으로 끝났으나 한 번은 여전히 얼굴을 붉히는 관계로 남아 있다.

해피엔딩으로 남은 관계는 『나를 위한다고 말하지 마』라는 책을 만드는 과정에서 만들어졌다. 나는 꽃님 언니라는 분의 기록을 담당했다. 꽃님 언니는 가족에게 외면당한 뒤 시설에 들어가 생활하다가 장애인들의 탈시설과 자립을 위해 일하는 단체인 '장애와인권발바닥행동'을 만나 시설에서 나와 자립한 지 4년 차에 접어들고 있었다. 내게 주어진 인터뷰 세부

주제는 '외로움'과 '친구'였다. 꽃님 언니는 한사코 인터뷰를 거절했다고 한다. 지난 시간 그리고 자립해 살아내고 있는 모든 시간에서 '관계'는 큰 상처였기 때문이다.

결국 발바닥행동에서 수차례 설득한 끝에야 나는 꽃님 언니를 대면할 수 있었다. 그런데 언니는 마뜩잖은 마음이 많았던 탓인지 인터뷰에 호의적이지 않았다. 인터뷰를 한다고는 했는데 언어장애가 심한 자신의 목소리가 기록되고 보관되는 게 싫다며 녹음과 촬영을 거부했다. 좀처럼 진도가 나가지 않는 인터뷰를 이어가기 위해 다음 약속을 잡을 때면 어김없이 역정을 내며 싫다고 했다. 차라리 단호한 거절이라면 좋았으련만, 발바닥행동과 언니 사이에서 내 인터뷰는 이러지도 저러지도 못하며 시간만 삼켰다.

지지부진함을 견디지 못하고 내가 이만 인터뷰를 끝낼 결심을 하던 때에, 언니는 시작할 결심을 했다. 기록자와 구술자의 마음의 시간이 서로 다르게 흘렀다는 걸 안 건 이 작업을 마칠 때쯤이었다. 언니는 언젠가부터 태도를 바꾸어 자신의 이야기를 하나둘 풀어놓았다.

동자승처럼 머리카락이 싹 밀려서 방구석에 텔레비전과 함께 유폐됐던 아이는 구박덩이 성인으로 자랐고, 늙은 엄마에게 짐이 되기 싫어 어쩔 수 없이 시설에 들어가게 됐다. 발달장애인들이 주로 수용되어 있던 시설에서 '따질 줄' 아는 언니는 금세 원장 눈 밖에 나게 됐고, 자유를 찾아 어렵사리 탈시설했지만 그 후로도 열 평 남짓한 영구임대 아파트를 벗어나지 못했다. 언니는 늘 혼자였던 삶의 외로움을 나에게 고백했다.

그리고 나와 친구가 되고 싶다고 말했다. 인터뷰는 성공적이었지만, 친구가 되는 것은 어려웠다. 내게 친구란 상호 교감하면서 만들어지는 자연스러운 관계였다. 인터뷰로 많은 이야기를 들었다고 우리가 친구가 되는 것은 아니었다. 숙고 끝에 나는 언니의 요청을 거절했다.

언니는 자신의 이야기만 '수집'하고 가는 것에 대한 얄미움, 그간 나눈 마음에 대한 서운함 등을 나에게 내비쳤다. 그러나 명료한 거절은 독보단 득이 되었다. 우리 사이에 적정한 거리가 있음을 확인하고서 우리는 인터뷰 작업 후에도 꾸준히 관계를 이어갈 수 있었다. 나는 오랜 친구에게 연락하듯 매년 한두 차례씩 언니에게 연락해 안부를 묻는다. 언니도 뜬금없이 전화를 걸어 "애는 잘 크니?" 묻거나 "야 너는 나한테 놀러도 안 오냐?" 타박한다. 지금 우리 사이를 정의하자면 좀 뜸한 '친구 사이'다.

이렇듯 인터뷰 과정을 통해 친구가 될 수는 있지만 둘을 친구, 특별한 사적인 관계로 만드는 것이 인터뷰, 기록의 목적은 아니다. 인터뷰로 만남을 이어가며 친밀함이 쌓이면 좋지만 친밀함 자체를 목적으로 하는 관계는 아니라는 점을 구분해야 한다.

새드엔딩이 된 경우는 우리의 관계가 단발적이며 공적이라는 나의 말이 그에게 제대로 전달되지 못해 발생했다. 그것은 그의 문제라기보다는 그가 그걸 제대로 이해할 수 없는 조건과 상황에 놓여 있어서였다.

그는 태어날 때부터 고아였고, 환갑이 넘도록 단 한 번도 가족을 가져본 적이 없으며, 우정을 나눈 친구 관계에 속한 적이 없었다. 그런 그에게 나와의 인터뷰는 자기 삶의 희로애락을 다 '털어놓은' 첫 번째 사건이었다. 그리고 나는 자신의 속사정을 아는 몇 안 되는 사람이었다.

그런 의지감 때문이었는지 그는 인터뷰의 모든 작업이 끝난 뒤에도 나와 관계를 유지하려 했다. 밤이건 새벽이건 가리지 않고 나에게 전화를 했다. 특히 그가 술에 취한 날이면 내 전화에는 더 많은 부재중 전화가 찍혀 있었다. 몇 년 동안 전화 내용은 늘 같은 이야기의 반복이었다. 처음에는 일정이 겹쳐 번번이 전화를 놓쳤지만, 그래서 내가 다시 전화를 걸기도 했지만, 시간이 지남에 따라 부재중 전화를 보고도 연락을 하지 않았다.

"다른 사람에게는 결코 열어주지 않는 문을 당신에게만 열어주는 사람이 있다면 그 사람이야말로… 당신의 진정한 친구다"라는 『어린 왕자』 속 말을 곱씹는 날이 많아졌다. 그러나 분명히 나는 그의 친구가 아니었다. 전화를 피하고 문자를 지우며 더는 미움도 상처도 주고받지 않을 안전한 거리를 유지해야 한다고 생각했다. 이별을 선언하지 않았지만 그건 일종의 결별이었고 그렇게 그와의 연락이 끊겼다.

종종 다른 사람들에게서 그가 고된 삶에 힘겨워한다는 소식을 전해 듣고도 다시 연락하진 못했다. 감당할 수 없는 기댈 언덕이 될 자신이 없기 때문이었다. 모든 인터뷰를 시작할 때마다 설렘과 함께 관계의 끝을 생각하게 되는 건 바로 이런 경험들 때문이다.

오해하지 말아야 할 것은 기록자와 구술자 사이에 형성되어야 할 신뢰감과 친밀성은 '사적인' 것이 아니라 '공적인' 것이어야 한다는 점이다. 기록자가 구술자에게 바라는 신뢰가 이야기의 진솔함이라면 구술자가 기록자에게 거는 신뢰란 경청과 존중, 제대로 된 기록에 대한 믿음이다.

말하기는 치유일까

인터뷰는 한 사람의 이야기에 깊이 귀 기울이는 일이다. 그중에서도 인권기록을 하다 보면 고통의 한가운데에 있는 이들과 만나게 될 때가 많다. 인권기록은 기록 과정 자체가 인권적이길 지향하고, 구술자가 겪고 있는 문제에 함께 참여해 그 문제를 해결하는 운동을 북돋우려는 목적에서 출발한다. 그러므로 구술자가 처한 고통의 '사회적 치유'를 도모한다. 그러나 그것이 기록자가 '치유자'로서 인터뷰에 나선다는 것과 같은 의미는 아닐 것이다. 물론 사회적 말하기로서의 인터뷰는 일정한 치유적 효과를 지닌다.

　　친구들과 후배들은 일체 안 만나요. 그냥 싫어요. 내가 달라져 있는 모습을 보여주기도 싫고, 그들이 이해 못 하는 것을 이해시키는 것도 싫고. 처음에는 이런 일을 당한 저를 위로하겠지만 결국에는 본인들이 생각하고 싶은 대로 생각하게 될 거예요. 진실이 밝혀지고 사건이 끝난 것도 아닌데, 우리는 진행형인데 그들에게는 이게 끝난 사건이잖아요. 그렇게 생각의 차이가 크다 보니 만나는 게 싫은 거죠. 또 싸움을 하다 보니 말 톤도 달라지고 사회에 대한 적개심도 생기고. 그런 내 모습을 보여주고 싶지 않아요. 그러다 보니 오로지 만나는 게 전철연 사람들, 범대위 사람들. 어느샌가 고립된 사람이 돼버린 거죠.[16]

10년 전 용산 참사 피해자가 했던 말이다. 시부모의 죽음, 남편의 구속, 테러리스트라는 사회적 낙인, 기약 없는 정부와의 싸움, 경제적 어려움…. 평범한 새댁이었던 그에게 이 모든 일이 한꺼번에 왔다. 그는 용산 참사를 겪으며 모든 관계로부터 고립되고 있고, 그것이 가장 고통스럽다고 털어놓았다. 친하게 지내온 사람들조차 그의 말을 믿지 않았다. 주변 사람들에게 거듭 "정말이냐?"는 질문을 받으며 그는 자신이 경험하고 있는 국가폭력을 평범한 사람들이 이해하기란 정말 쉽지 않음을 깨달았다. 생각해보면 자신 역시 직접 겪지 못했다면 절대 상상조차 못할 폭력이었다. 말로 전달하고 이해시킬 수 없음을 깨닫자 절망이 밀려왔다. 인간관계가 좁아졌고 그는 입을 닫았다. 그의 고통은 말할 수 없는 것이 되었다.

일상적이지 않은 사건, 이른바 사회적 참사로 불리는 '특별한' 사건을 겪은 사람들은 사건 전후로 삶이 완전히 바뀐다는 말을 많이 한다. 특히 관계가 완전히 재구성된다. 아무리 말하려 해도 귀 기울이는 사람이 없을 때 사람은 말하기를 포기하거나 다른 존재를 찾곤 한다. 때론 신이, 때론 산천이, 때론 반려식물이나 동물이 자신조차 번안할 수 없는 응어리진 마음을 풀어놓을 유일한 상대가 되기도 한다.[17]

하지만 사람은 다른 누군가의 응답을 고대한다. 공감하며 경청하는 이와 연결되는 '사회적 말하기'는 응답 받는 경험이다. 사회가 은폐하고 삭제한 고통을 누군가 나서 먼저 묻고 듣기를 청하는 것은 고통과 삶에 대한 사회적 인정의 의미를 내포하기도 한다.

고통에 한가운데서 존엄을 부인당한 이들이 그 고통에 대해 말한다는 것은 또 다른 용기가 필요한 일이다. 이 과정에서 상처와 고통이 증폭될 위험도 존재한다. 그런데도 존재를 드러내고 사회적으로 말을 건네는 것은 '내가 말하지 않으면' 안되기 때문이다. 말하지 않으면 그가 겪은 일은 없는 일이 된다.

또 다른 누군가가 이미 처해 있거나, 앞으로 처할지 모를 고통과 위험을 외면할 수 없기 때문이다.

이들은 자신의 말하기가 다른 이들에게 도움이 되길 기대하면서 입을 연다. 이것은 한 사람 안에서 일어난 뚜렷한 도약이다. 나약한 피해자가 아니라 생존자이자 목격자로, 행동하고 저항하는 행위자로서 사회적 증언에 나서고 있다는 사실을 자각하면서 존엄의 회복이 이루어지기도 한다. 형제복지원 피해생존자 한종선 씨는 이런 말을 했다.

피해생존자는 과거의 사건으로부터 살아남았음을, 그리고 증언하며 내가 살아있음을 알게 해주는 명칭이다.[18]

때문에 이들의 말하기는 비인간적인 것을 경험한 결과물이지만 또한 그 과정을 견뎌내고 있는 이들의 인간성을 증명하는 산물이기도 하다.[19] 사회적 말하기의 과정에서 기억도 변화한다. 수치스럽고 부끄러운 기억이라도 그 기억을 공감받게 된다면 처음보다는 덜 고통스럽게 이야기할 수 있게 된다. 말하기를 통해 응답 받으며 스스로의 경험을 마주하고 재구성하며 새롭게 해석하는 힘을 기르기도 한다.

때문에 적지 않은 사람들이 인터뷰, 특히 구술에 의한 치유 효과에 많은 관심을 보이곤 한다. 하지만 이러한 치유 효과에 대한 기대로 인터뷰를 기획하는 것은 말리고 싶다. 기록을 위한 인터뷰를 심리상담과 유사한 것이라 여기는 시선을 간혹 접한다. 그런 사람들은 트라우마를 경험한 이들이 이야기를 다 꺼내놓고 나면 속이 시원해질 것이라고 생각한다. 하지만 기대와 현실은 다르다. 오늘도 어제의 연장이지만 그것을 다시 상기해 말로 꺼내어놓는 일은 또 다른 고통이기 때문이다.

치료 목적인 상담이나 긴 시간을 들여 찍는 다큐의 경우는 화자가 그 이야기를 할 수 있을 때까지 기다릴 수 있다. 그래서 그 사건을 다루기까지 몇 년의 시간이 걸리기도 한다. 하지만 인터뷰는 구술자가 갑자기 그 고통의 사건, 감정으로 뛰어들게 되는 경우가 대부분이다. 그러므로 인터뷰 도중 힘들면 언제든지 중단할 수 있음을 알리고 화자가 이야기하는 도중 흥분한다고 생각되면 "잠시 쉴까요?" 물어보면서 감정이 다치지 않도록 확인하는 과정이 필요하다. 인터뷰가 끝나면 구술자가 괜찮은지 확인한 후 마음이 조금 평온해질 수 있도록 이런저런 이야기를 하면서 잠시 함께 있어주는 것도 좋다. 보통 나는 인터뷰 만남 후에 수일 이내에 연락해 구술자의 상황을 살피기도 하며, 필요한 경우 심리 상담 지원이 가능한 사람과 연결해주기도 한다. 한편 당신이 꺼내놓은 이야기가 얼마나 소중한지에 대한 감사를 전하는 것 역시 고통에 대한 새로운 기억을 만드는데 중요한 계기가 될 수 있다. 응답 받은 기억은 힘이 세다.

그러나 사회적 발화에 대한 '사회적 화답'이 없다면 말하기는 또 다른 상처가 될 수도 있다. 사회적 말하기를 통해서도 여전히 바뀌지 않는 현실을 접할 때면 구술자들은 절망감을 내비친다. 세상은 매우 견고하다는 점에서 치유를 말하기는 늘 섣부른 느낌이다. 기록을 통해 우리가 도모하고자 하는 것은 개인화, 개별화된 고통을 사회화하고, 고통의 원인이 된 문제에 대한 사회적 해결을 시도하는 것이다. 치유는 그것의 결과로 도래할 수 있는 것이다.

바라는 것은 서로의 힘 기르기

사회적 말하기를 통해 당장 사회를 바꿀 수는 없지만 기록자는 내일을 위한 기록의 보존을 넘어 '지금-여기'를 성찰하고 기록이 새로운 기억을 만드는 과정이 되도록 해야 한다. 이를 위해 고통의 증언에 기반해 새로운 담론의 장을 형성해야 한다. 고통과 사건에 대해 말하며 사회에 질문을 던지고, 문제 해결을 촉구하는 것이다. 담론의 장에 구술자의 자리를 만들고, 그의 용기를 북돋우고, 구술자의 곁에서 한 사람의 시민으로서 사회적 정의를 수립하는 일에 함께 하는 것이다. 인터뷰 과정을 통해 우리가 도모해야 하는 것은 치유보단 역량 강화다.

이는 두 가지 경로로 만들어진다. 우선 삶의 저자로서 그의 고유성과 권리를 인정하는 것이다. 모든 사람은 다른 사람으로 대체될 수 없는 고유성을 가진다. 한나 아렌트의 논의를 빌리면 모든 인간은 인간이라는 점에서 같지만 이전에도 없었고, 현재에도 유일하며, 미래에도 도래할 수 없는 고유성을 가진 존재라는 점에서 고유하다. 고유함은 타고난 것이면서 세계와 상호작용하는 경험 속에서 만들어지기도 한다. 따라서 그의 세계는 유일한 것이며 그만이 구축해온 역사와 서사를 존중할 필요가 있다. 그에 대해 가장 잘 말할 수 있는 것 역시 그 자신이라는 믿음을 잃지 말아야 한다. 때문에 기록자는 구술자의 자기 이야기에 대한 통제권, 이야기에 대한 편집권을 보장해야 한다.

두 번째는 스스로 사건과 고통의 의미를 발견하도록 돕는 것이다. 보통 인터뷰 과정에서 말해질 수 있는 것은 자신이 '말할 수 있는 것'에 한정된다. 표현할 언어를 갖고 있을 때에야 비로소 말해질 수 있다. 그러니 사건의 의미는 밖에서 만들어질 필요도 있지만 구술자 스스로 만들 수 있어야 한다. 기록자는 구술자가 그 사건의 의미를 발견하게끔 도울 필요가 있다. "사건의 당사자는 나인데 왜 의미는 너희가 만들지?" 이런 의문을 구술자가 품게 된다면 기록자는 기록의 과정을 다시 돌아볼 필요가 있다. 인권기록은 대화를 통해 삶을 재인식하고 재해석할 힘이 기록자와 구술자 모두에게 발휘되는 과정이 되길 바란다. 그렇게 관계를 통해 형성된 지식을 일구는 것이 우리의 기록이다.

몇 년 전 나는 발달장애 아이를 돌보는 엄마를 인터뷰한 적이 있다. 그녀는 아이를 낳고 기른 18년 중에서 요즘처럼 마음이 편안한 적이 없다고 말했다. 아이에게 따뜻한 눈길 한번 주지 않던 남편이 자기는 물론이고 아이에게도 많이 너그러워졌다는 것이다. "남편이 갱년기라서 그러나 봐요"라면서 웃는 그녀와 나는 가족들의 근황을 찬찬히 되짚었다.

그녀는 집 안에서만 맴도는 아이가 안쓰러워 고집스레 아이를 복지관에 보내기 시작했다. 그러면서 자연스럽게 남편과 20년간 운영해오던 세탁소에서 벗어났다. 또 아이가 복지관에서 수업하는 동안 알게 된 복지관 이용자의 발달장애인 자녀의 활동지원사 일을 시작했다. 그녀의 하루가 가족 안에서 구성된다는 점에선 큰 차이가 없었지만 시간과 일의 의미가 새로워졌다. 남편과 자녀로부터 일정한 물리적 거리 두기가 생겼고 이를 통해 복닥거리던 감정에도 거리가 생겼다. 20년간 무급이던 세탁소 노동에서 벗어나 활동보조인 일로 내 주머니를 차게 됐다. 아이를 돌보느라 시간을 흘려보냈다 생각했는데 그 시간이 자녀 돌봄이 활동보조인 일의 자산이 되었다는 인식, 자녀를 좀 더 객관화해 바라볼 수 있게 된 생각의 변화도 복지관에 나오면서 생겼다.

긴 이야기 끝에 그녀가 말했다. "아, 내가 변한 거군요. 내가 달라진 거였어요." 그녀는 자신에게 전에 없던 새로운 힘이 생겼다는 걸 알아챘다. 그리고 그 힘이 관계와 일상을 바꾸었다는 것도 알아챘다. 소녀처럼 박수 치며 환히 웃는 그녀를 보면서 나는 생각했다. 이제 그녀는 이전의 삶으로 되돌아가지 않으리라는 걸.

한편 인터뷰를 하다 보면 기록자는 곤란한 상황에 있는 구술자의 삶에 개입하고 싶은 욕구를 느끼기도 한다. 개입이 필요한 때도 있다. 이를테면 트라우마 증상이 심각해 치료적 개입이 필요하거나 과대하게 자신을 책망하는 경우다. 혹은 실질적인 법적, 제도적 조력이 필요한 일도 있다. 이럴 때 나와 동료들은 개인적으로 판단해 즉자적으로 개입하기보다는 심리상담가, 정신과 의사, 노무사, 변호사 등 관련 분야 전문가와 상의해 우리가 조력할 수 있는 일의 범주를 정해왔다. 또 우리 스스로가 개입해서 직접 도움을 주는 사람이 되기보다는 직접 조력을 줄 수 있는 이들과 관계를 맺어주고 엮어주면서, 그런 이들이 항상 거기 있을 테니 힘들면 언제든 오면 된다는 메시지를 전달해왔다. 물론 이때 가장 중요한 것은 당사자의 판단과 선택이다.

잘 묻는다는 것은 무엇인가

인터뷰가 사회적 듣기와 묻기, 읽기를 매개한다는 점에서 묻는다는 것은 개인적 호기심을 넘어선 사회적 묻기의 과정이다. 사회적 묻기를 위한 좋은 질문은 기획에서 만들어진다. 기획에 대해서는 앞에서 언급했으므로 여기서는 잘 묻기 위한 몇 가지 원론적인 방법들을 언급하려 한다. 인터뷰의 목적에 따라 차이는 있어도 기본 원칙이라 할 이야기들이다.

첫째, 구술자가 이해할 수 있는 언어로 질문을 만들어 물어야 한다. 이는 지적 능력이나 이해력의 차이라기보다는 서로의 삶이 이루어지고 있는 공간, 서로 다른 사회적 위치와 자원을 고려해야 함을 의미한다. 주의하지 않으면 기록자가 일상에서 쓰는 언어가 인터뷰 질문에도 배어난다. 자기도 모르게 전문 용어나 추상적인 개념어를 인터뷰 도중에 내뱉는 일이 잦다. 이런 말을 들은 구술자는 위축되거나 적절한 답을 하지 못하는 경우가 많다. 또 구술자만의 고유한 언어를 꺼낼 가능성도 낮아진다. 구술자의 눈높이에 맞는 언어로 고른 질문을 건넬 때 구술자도 자신의 언어로 편하게 답할 수 있다.

둘째, 질문은 큰 질문에서 작은 질문으로 이어가는 게 좋다. 질문을 포괄적으로 열어놓을 때 더 많은 이야기, 정형화되지 않은 고유한 이야기가 가능하기 때문이다. 구술자가 누구인지, 어떤 삶을 살았는지, 어떤 이야기를 하고 싶은지 이야기를 들을 수 있고, 구술자의 삶에 한 걸음 더 다가설 수 있다. 특히 1차 인터뷰 때는 기록자가 듣고 싶은 이야기를 묻기보다는 구술자가 하고 싶은 이야기를 중심으로 말할 수 있도록 두는 게 좋다. 그렇게 구술자가 인터뷰 상황에 적응하고 기록자도 구술자에 대한 이해가 쌓인 뒤에 기획 목적에 맞는 구체적이고 특정한 질문으로 무게중심을 이동해도 된다.

셋째, 질문은 이야기의 흐름 안에서 재구성될 필요가 있다. 기록자는 인터뷰의 목적과 주제에 맞게 질문지를 만들고, 이 질문지에 기초해 질문을 던지고, 답과 다음 질문을 이어나간다. 이때 질문지의 순서는 무의식적으로 기록자가 듣기를 기대하는 순서나 근대적인 인생 경로(예를 들면 출생-학교-졸업-직장 생활-결혼-출산-육아 등) 순서로 구성되곤 하는데, 이러한 질문지 순서에 얽매이다 보면 구술자의 이야기 흐름이 끊기거나 보다 중요한 맥락이나 강조점을 놓치기 쉽다. 따라서 질문은 내 질문지의 순서가 아닌 구술자의 이야기 흐름 안에서 유연하게 다시 재배열되고 재구성될 필요가 있다. 그러기 위해 무엇보다 중요한 건 기록자가 질문보다는 구술자의 말에 집중하며 그가 말하고자 하는 것이 무엇인가를 파악하는 것이며, 동시에 인터뷰의 목적을 잃지 않기 위한 자신만의 지도를 갖는 것이다.

넷째, 단답형으로 대답하게 될 질문은 피하는 게 좋다.

> 면담자: 여러 군데서 취업을 하고 일을 하실 때 ○○ 출신이라는 거는 얘기를 별로 안 하셨죠?
>
> 구술자: 못 했죠.
>
> 면담자: ○○ 출신이라고 하면 상당한 불이익이 있을 것 같고. 그래서 결혼은 언제 하셨죠?
>
> 구술자: 결혼은 제가 15년쯤 됐나.
>
> 면담자: 15년 전. 2000년쯤. 그래도 꽤 늦게 하셨네요.
>
> (중략)
>
> 면담자: 중매로? 지금 사모님은 그 일을 다 알고 계시죠?

구술자: 얘기는 많이 했죠. 제가.

면담자: 그래도 이해해주시고 상당히 많이 도와주시고. 그
러니까 이만큼 되셨네요.

이 인터뷰는 선감학원 피해생존자의 구술 중 일부다. 선
감학원은 현재의 경기도 안산시 선감도라는 섬에 만들어진 강
제수용소다. 일제강점기인 1941년부터 1982년까지 무려 40년
동안 4천 명 넘는 아동이 강제 수용되어 학대, 착취를 당했다.
그런 상황을 감안한다면 면담자의 질문은 모두 대화를 닫아버
리는 질문들이다. '○○ 출신이라는 이야기를 별로 하지 못했던
이유'를 묻고자 했다면 첫 번째 질문은 이렇게 물었어야 했다.

면담자: 취업하실 때 ○○ 출신이라는 이야기도 하셨어요?

구술자: 못 했죠.

면담자: 왜 못 하셨어요?

질문이 거창할 필요는 없다. 물어야 할 걸 묻는 질문이면
족하다. 부인이 구술자의 과거를 알고 있는지 묻는 두 번째 상
황도 질문한 의미가 없다. 첫 번째 상황과 마찬가지로 구술자
가 추측하고 넘어가버린다. 질문은 이렇게 되었어야 했다.

면담자: 중매로? 지금 사모님은 그 일을 알고 계세요?

구술자: 애기는 많이 했죠. 제가.

면담자: 사모님께는 어떻게 이야기하게 되셨어요?

이렇게 질문하면 몇 가지 파생된 다른 질문으로 이어질 수 있다. "말을 꺼내야겠다는 생각이 드셨던 이유는 뭐예요?" "처음 이야기해주셨을 때 사모님은 뭐라고 하셨어요?" "이야기를 많이 하셨다고 하시는 걸 보니까 사모님이 잘 들어주셨던가 봐요. 어떤 이야기들을 주로 나누셨어요?"

이 대목에서 질문을 구체화하는 것은 사생활을 파헤치려함이 아니다. 질문을 통해 구술자의 감정과 생각에 대해 듣고, 그를 둘러싼 상황에 대한 더 많은 이야기를 들음으로써 삶과 이야기의 맥락을 더 깊이 이해하기 위해서다.

마지막으로, 묻기를 두려워하기보단 용기 내서 물어야 한다. 묻기를 주저하게 만드는 상황은 의외로 자주 발생한다. 가령 기록자는 사실관계 확인 차원에서 구술자가 이야기한 것들을 되물을 때가 있다. 이런 경우에 기록자가 자신을 '불신'해서 다시 묻는다고 이해하는 구술자도 있다. 그럼 구술자도 기록자를 신뢰하지 못하고, 이런 지점을 한번 맞닥뜨리고 나면 인터뷰는 난항을 겪는다. 그러나 반문하는 태도나 대화 분위기에 문제가 없었다면 이런 상황을 구술자를 다시금 이해하는 계기로 받아들여야 한다. 즉 그가 이미 그의 삶의 어떤 사건 혹은 생애 전부, 나아가 삶 자체에 대해 수도 없이 많은 반문을 받았다는 증표로 해석해야 한다. 그는 힘겹게 꺼낸 자기 삶의 증언에 '정말이에요?' '○○하셨다는 게 사실인가요?' 하는 반응을 수도 없이 마주친다. 자기 삶의 진실을 내보여도 사람들이 믿지 않는다. 그러니 되묻는 반응 자체가 그에게는 '트라우마'다. 그 마음을 헤아리는 태도가 필요하다.

한편으로 기록자가 구술자의 마음을 너무 염려한 나머지 더 깊게 다가서지 못하는 때도 있다. 국가보안법의 폐해를 여성의 서사로 기록할 때 내가 만난 구술자는 임신 8개월 때 태아를 사산한 경험이 있었다. 임신 기간 내내 국가보안법으로 무리하게 구속 수감된 상태였기 때문이다. 그 사건은 내게 너무 충격적이어서 나는 생전 본 적 없는 그의 이름을 스무 해 넘게 기억하고 있었다. 그런 내 진심이 닿았는지 인터뷰는 어렵지 않게 성사됐다. 하지만 만남을 코앞에 두고 구술자로부터 몸이 아파 인터뷰를 좀 미뤘으면 좋겠다는 연락을 받았다. 두 번째 만나기로 한 전날에는 요란한 태풍 때문에 길을 나서기가 걱정된다며 날을 다시 잡자는 문자를 받았다.

나는 그가 뒷걸음질하고 있다 생각했다. 그를 붙잡고 싶었다. 그러나 사회적 필요라는 대의로 그를 붙잡으면 안 된다고도 생각했다. 인터뷰가 부담된다면 굳이 힘들게 하지 않아도 된다고도 설명했다. 그 시간을 지나 다시 용기를 낸 그와의 만남이 성사됐다.

첫 만남에서 그는 24년이나 흘렀기에 말할 수 있다 믿었지만, 24년간 단 한 번도 입 밖에 내지 않았기에 말하기 두려웠다 말했다. 남편이나 친정 식구들에게조차 말하지 않았고, 사건 후 낳은 자녀는 위로 형제가 있었다는 것도 알지 못했다. 그의 이야기는 중간중간 많은 부분이 끊겨 있었다.

나는 내 물음이 오래된 상처를 헤집는 것일까 두려워 제대로 묻지 못했다. 죽은 아이에 대한 깊은 죄책감 속에서 살아온 그가 간신히 쌓아 올린 일상이 인터뷰로 인해 흔들리지 않을까 걱정했다. 침묵을 끊는 첫 출발을 이 정도에서 마무리하는 것이 용기 낸 자에 대한 예의라 믿으며 조심스러운 인터뷰에 그럴듯한 이유를 써 내려갔다. 그러나 그게 최선이었을까, 때때로 곱씹게 된다.

내 동료 중 한 명은 보통의 사람들이라면 인터뷰 내용을 듣고 머뭇거렸을 대목에서 "왜요?"라는 질문을 구술자에게 '툭' 던지곤 한다. 흥미로운 건 너무도 해맑게 물어서 불신하고 있다거나 상처를 헤집는다는 느낌보다는 뭔가 더 설명해주어야 할 것처럼 느껴진다는 점이다. 그래서인지 그의 예상 외 질문에 화내는 구술자를 아직 본 적이 없다. 중요한 사실은 그렇게 묻지 않았다면 듣지 못했을 이야기들도 제법 있다는 점이다. 물론 막상 닥치면 매 순간순간 어디서 멈출지, 얼마큼 더 갈지 판단하기란 늘 어렵다.

여러 사람을 만나다 보면 질문을 아무리 잘 쪼개서 던져도 답을 이끌어낼 수 없는 구술자도 있고, 몇 마디 안 물었는데 술술 이야기를 풀어내는 사람도 있다. 준비가 필요 없다거나 인터뷰는 복불복이라는 이야기가 아니다. 인터뷰를 하면서 예상 밖의 일이 벌어지는 것에 어느 정도 초연할 필요가 있다는 의미다. 또 성공한 인터뷰와 실패한 인터뷰에 대한 관습적인 판단을 경계할 필요가 있다는 뜻이기도 하다. 좋은 기록, 감동적이거나 의미 있는 글로 세상에 읽히는 성과를 거두지 못한 인터뷰라 할지라도 구술자나 기록자에게 내내 기억되는 인터뷰가 될 수도 있기 때문이다.

잘 듣기 위한 몇 가지 태도

기록활동을 취재하고 싶다는 열정 넘치는 신입 기자와 마주 앉은 적이 있다. 그날따라 기자의 일거수일투족에 신경이 쓰였다. 그의 머릿속이 내 말을 잘 따라잡고 있는지, 손끝이 내 말을 잘 기록하고 있는지, 혹시 내 얘기가 쓸데없는 것처럼 여겨지거나 지루하지는 않은지, 그의 표정을 살피고 손끝을 따라잡고 눈치를 봤다. 그의 동작 하나하나에 내 몸의 세포가 반응하는 느낌이었다. 나는 대중 강의가 중요한 생업인지라 그런 내 반응이 낯설었다. 왜 그랬을까 곰곰이 되짚었다.

강의가 다수의 관객을 대상으로 하는 공연이라면, 인터뷰는 단 한 명의 관객을 앞에 두고 공연하는 모노드라마와도 같다. 관객이 다수인 강의의 큰 장점은 호응해주는 사람이 그중에 단 한 명만 있어도 뚝심 있게 강의를 끝낼 수 있다는 데 있다. 반면 관객이 단 한 명이라면? 정신력이 어지간히 강한 사람이 아니라면 유일한 관객의 반응 하나하나에 예민해질 수밖에 없다.

그 기자와 만난 날, 나는 내가 모노드라마 무대에 선 배우 같았다. 나는 기록활동이라는 새로운 운동 분야를 잘 설명하고 싶었고, 그가 만족할 만한 답을 주고 싶었다. 그러므로 내 열망이 그의 모든 것에 반응했다. 아마도 많은 구술자가 그날 나와 같은 경험으로 인터뷰 자리에 앉아 있지 않을까?

일반적으로 구술자는 마주 앉아 자기 이야기를 듣는 기록자의 일거수일투족에 신경을 쓴다. 구술자는 기록자의 끄덕거림, 손짓, 표정 등을 어떤 신호로 받아들인다. 그 이야기를 듣고 싶었다는 신호, 공감된다는 신호 혹은 그 이야기는 적절하지 않거나 지루하다는 신호….

기록자의 태도는 구술자의 말하기를 독려할 수도 있고 위축시킬 수도 있다. 그러므로 잘 듣기 위해 기록자가 갖추어야 할 태도 첫 번째는 경청하고 있다는 신호를 주는 것이다. 구술자의 모든 말끝에 네, 네, 반응을 보이라는 말이 아니다. 우리는 서로 다른 세계라는 점에서 그의 말에, 그가 원하는 감정대로 반응할 수 없다. 그런 반응이 항상 올바르지도 않다.

프로젝트 사전조사 차원에서 학생운동 경험을 들려달라는 요청을 받은 적이 있다. 인터뷰는 공식성을 띠기보다는 대화처럼 진행됐는데 그는 내 말이 끝날 때면 "그랬었군요", "많이 힘들었겠군요", "잘 이겨내셨네요" 같은 표현으로 내 마음을 헤아려주려 시도했다. 처음에는 그게 위안이 되었지만 같은 반응이 거듭 되돌아오자 피식 웃음이 났다. '선수가 선수를 속이네.'

경청과 존중은 의아함일 수도 있고, 깊은 공명일 수도 있으며, 마음을 헤아려주고 토닥거리는 말로 드러날 수도 있다. 대화에 집중하되 내 모습을 상대가 어떻게 느끼고 있는지 알아차려야 한다.

둘째, 잘 듣는다는 것은 또한 서로 다름을 이해하고 다른 삶의 맥락을 읽어내는 것이기도 하다. 인터뷰를 통해 누군가를 만난다는 것은 삶의 복잡성을 인식하는 것이다. 다시 말해 다양한 삶의 자장에서 진동하는 존재임을 인식하는 것이다. 우리는 다양한 정체성이 교차하는 삶을 산다. 일례로 나는 인구 5만의 군 지역에 거주하는 40대, 이성애, 기혼, 비장애, 여성으로, 어쩌다 보니 가방끈이 긴 고학력자에, 무교라고 하기에는 애매한 기독교 신앙을 가졌다. 또 집 밖에서는 인권활동가, 작가, 대학 강사, 연구교수라 불리는 일을 하며, 집안에서는 배우자, 엄마, 딸, 며느리로서 역할을 수행한다. 내 삶은 다양하고 중층적인 정체성 속에서 경험되는 다양한 사건과 일상으로 구성된다. 고로 삶은 평면적이지 않고, 내가 경험하는 문제를 특정한 정체성으로 환원해 정형화된 틀로 재단할 수는 없다. 그에 따른 감정과 사유 역시 마찬가지다.

따라서 인터뷰를 통해 내가 만난 얼굴, 내가 듣는 목소리가 그 사람의 얼굴과 목소리의 전부라고 단정하지 말아야 한다. 또 인터뷰를 통해 우리가 할 수 있는 것, 해야 하는 것은 그가 지금 인터뷰 주제와 관련해 무엇을 말하는가, 어떻게 말하는가를 듣는 것이며, 왜 그런 서사가 구성되는지 맥락을 읽어내는 것일 뿐이다.

셋째, 잘 듣는다는 것은 상식 밖에서 듣는 일이기도 하다. 사회는 어떤 목소리들은 경쟁적으로 부추기고 어떤 웅성거림은 침묵시킨다. 형제복지원 피해생존자들 목소리가 대표적이다. 형제복지원의 참상은 이미 30년 전에 알려졌었다. 그러나 당시에는 들어주는 이들이 없었기에 피해생존자들의 말은 '미친 소리'가 되어 세상에 흩어졌다. 설사 듣겠다고 귀를 쫑긋 세운 이들에게도 그들의 말은 쉽사리 수용되지 못했다. 동시대를 살았으나 너무나 비동시대적인 그들의 경험을 해석할 능력이 없었으므로 그들의 말은 믿음보단 의구심을 키웠다. 국가와 사회의 잔혹함을 되짚기보단 피해자가 도덕적, 정치적, 법적으로 순결한지 확인했고 그들의 말에 거짓이나 과장이 있는지 추궁했다.

더욱이 여성 피해자들은 성에 대한 사회적 편견과 낙인 때문에 마지막까지도 머뭇거렸다. 여성 피해생존자들에 대한 관심이 온통 '성폭력'에 맞춰지면서 이들은 도리어 용기 내어 말하기를 주저했다. 당사자가 성폭력 피해 사실을 부인함에도 여성 피해자라면 다 성폭력을 겪었을 거라 단정하고 당사자의 말을 믿지 않는 분위기가 있었다. 또 성폭력을 겪은 사람은 성폭력을 선정적이고 자극적으로 전시하고 소비하는 세태 때문에 그 사실을 말하기 두려워했다.

형제복지원 피해자들은 자신이 누운 곳이 방인지 관인지 모를 30년 세월을 살아오며, 침묵했다. 이들의 목소리는 말이 되지 못하고 웅성거림으로 떠돌다 최근 들어서야 목소리로 우리 곁으로 소환됐다. 그러니 듣는다는 것은 우리가 상상한 범주 이상의 언어와 목소리에 귀 기울 수 있어야 함을 의미한다.

하지만 기록자의 노력에도 불구하고 나는 종종 이것이 과연 가능한가라는 의구심을 갖곤 한다. 삶과 말, 말과 글의 괴리 때문이다. 우리가 만나는 구술자들 입에서는 인권침해의 언어들이 수도 없이 터져 나온다. 그러나 강제격리, 감금, 노역, 가혹행위, 폭행, 구타, 욕설, 성폭행 같은 단어로는 구술자들의 삶을 한마디도 온전히 설명할 수 없다. 삶과 말의 틈새, 말과 활자의 틈새가 너무 크다. 고통 앞에 활자는 더없이 딱딱하고 단정한 것이어서 그 고통을 듣고 기록한들 전달할 수 있을까, 말해질 수 있는 것은 언어화된 것을 넘지 못하는 것 아닐까, 끊임없이 의심하게 되는 것이다.

기록활동의 동료 홍은전은 이 불가능성에 대해 다음과 같이 말한 바 있다. 다른 '사회'에 속했기에 상상할 수 없어 물을 수 없었던 것들. 말해지지 못했던 것들. 그리고 같은 기표를 가지나 다른 기의를 갖는 언어들에 대해.

그를 두 번째 만났을 때 나는 지난번에 들었던 이야기를 다시금 확인하기 위해 몇 가지 질문을 던졌다. 그의 대답을 들은 나는 무언가에 머리를 세게 맞은 것처럼 아득해졌다. 내 짐작의 상당 부분이 '완전히' 틀렸음을 깨달았기 때문이다. 가령 이런 것이었다. 그가 고아원에서 가졌다는 '자유시간'이란 사실 '점호자세로 앉아있는 것'이었고, 그에게 '별것 아니었으므로 말할 필요조차 없었던 일'에는 '손가락을 잡고 부러뜨리는 일' 따위가 포함되어 있었다. 그가 쓰는 언어와 내가 아는 뜻이 너무도 달라서 끊임없이 각주를 달아야 할 판이

었다. 언어란 그 언어를 사용하는 사회 구성원들의 약속인 것
이다. 그가 속했던 사회와 내가 속했던 사회가 그토록 달랐음
을 새삼스럽게 깨닫는 순간 정신이 번쩍 들었다. 너무도 당연
하여 내가 묻지 않은 것과 너무도 별것 아니므로 그가 말하지
않은 것들 사이에 어떤 이야기들이 버려졌을까.[20]

잘 듣기 위한 네 번째 태도는 구술자를 쉽게 판단하지 않
는 것이다. 인터뷰를 하다 보면 기록자가 구술자에게 가졌던
호감이 튕겨져 나오는 순간을 겪는다. 나와 정치적 견해와 매
우 다른 이야기를 듣게 되기도 하고, 매우 '꼰대' 같은 구술자
를 만나기도 한다. 겉으로는 고개를 주억거리면서 듣기는 해
도 아무리 이해하려 해도, 이해되지 않는 견해나 태도라는 건
존재하고 거기서 반론을 펼친다 한들 회복되지 않는 거리가
있다.

그럴 때면 심판자 같은 마음이 드는 게 사실이다. 기록자
의 마음의 문이 열렸다 닫힐 때 기록에도 영향을 미친다. 우리
가 만나는 구술자들은 매우 다양한 사람 중 하나다. 어느 한 사
람에게 온전한 정치적, 도덕적 올바름을 기대할 순 없다. 올바
름을 판별하는 기준으로 나의 인식을 그에게 잣대로 들이미는
것도 합당하지 않다. 최후의 순간까지 그의 경험의 뿌리에서

'그의 관점'으로 그를 이해하려 노력해야 한다. 그럼에도 불구하고 도저히 동의할 수 없는 구술자라면 기록을 포기할 때도 있다. 기록은 사람을 옹호하는 일이고, 기록자는 기록에 대해 책임을 져야 하기 때문이다.

정적도, 몸짓도, 그의 모든 것이 메시지다

정적은 그가 먼저 깨기

말이 짧은 구술자를 만나면 인터뷰는 쉽지 않다. 물 흐르듯 이루어져야 할 대화가 정적으로 끊기기 십상이다. 많은 기록자가 이 정적을 견디지 못한다. 말이 끊기면 인터뷰가 제대로 흘러가지 않을까 봐 두려워서, 상대를 살피기보다 말하고 싶은 욕망이 앞서서 질문 세례를 퍼붓는다. 인터뷰를 마치고 돌아와 녹취를 풀다 보면 얼굴이 화끈 달아오를 때가 있다. 답변과 질문 사이의 공백이 너무 적을 때 그렇다. 마주 앉아 있을 때 정적은 매우 길게 느껴지지만 한 걸음만 뒤로 물러나면 정적이라고 할 만큼의 시간이 아닐 때가 많다.

그래서 나는 의식적으로 질문과 질문 사이에 빈 시간을 주려고 애쓴다. 구술자에게 생각할 틈을 주고 그가 말하고 싶은 것을 충분히 말할 수 있게 하기 위해서다. 내 질문에 답이 끝나면 속으로 열까지 세곤 한다. 사람마다 다르겠지만 열까지 셀 때 걸리는 시간은 길어야 15초 남짓에 불과하다.

구술자가 이야기 꺼내기를 주저해서 정적이 생기기도 한다. 그럴 때는 이야기를 억지로 조르지 않아야 한다. 사람들은 자신이 감당할 수 있는 범위 안에서 기억을 조금씩 더듬어 꺼내놓는다. 그리고 잘된 인터뷰는 '비밀'을 듣는 데 있지 않다. 그들이 자신을 내놓고 가감 없이 이야기한다고 해도 모든 구술자는 자기만의 방이 필요하다. 말하기를 중단하고 들어가 쉴 수 있는 공간, 말하고 있으나 내면에 말하지 않은, 혹은 말할 수 없는 무언가를 품을 공간 말이다.

우리가 들어야 할 것은 그 심연에 있는 모든 것이 아니다. 그가 그의 품위를 잃지 않고 타인과 일정한 거리를 유지하며 할 수 있는 말이 바로 우리가 들어야 할 말이다. 우리가 듣는 말은 기록되어 세상에 공유된다. 그러므로 그가 타인의 시선에서 벗어나 안전함을 느낄 수 있는 자신만의 방을 지켜주는 것은 매우 중요하다. 우리는 그를 광장에 벌거벗겨 세우려는 것이 아니다. 기록의 과정이 인권적이기 위해서 기록자는 구술자가 적절한 사회적 거리를 감각할 수 있도록 기다리고, 자기 생각과 감정을 정리하도록 충실히 묻고 듣는다.

때로는 반대로 구술자가 인터뷰에 몰입해 애초 자기가 하려고 계획했던 말보다 더 많은 말을 하거나 말의 힘에 이끌려 더 많은 이야기를 털어놓는 경우가 있다. 그러나 이내 너무 많은 말을 했음을 후회하곤 한다.

일례로 우리는 30년 넘게 청소노동을 한 70대 여성의 기록 작업을 한 적이 있다. 부모님은 어릴 때 돌아가시고 다른 가족의 돌봄을 받기 어려웠기에 그녀는 10대 후반에 원치 않은 결혼을 해야만 했다. 자기 삶의 실타래를 풀어놓으며 이야기는 자연스럽게 자신의 의사와 무관하게 이뤄진 결혼에 대한 후회, 원하는 삶을 살지 못한 회한으로 터져 나왔고 이러한 감정은 때로는 언니와 형부에 대한 원망으로, 때로는 남편에 대한 미움으로 서사화되었다. 그러나 인터뷰가 끝난 후 그녀는 가족에 대한 자신의 감정 중 일부를 수정, 삭제하거나 비공개해주기를 요청해 왔다. 자신의 원망을 언니가 알게 될까 걱정했고, 남편은 떠났지만 남겨진 자녀의 시선은 중요했기 때문이다.

이렇듯 인터뷰는 때로는 자리의 힘에 이끌려 이루어지기도 하지만 동시에 늘 제삼자라는 청중을 배제할 수 없다. 따라서 우리는 글을 완성하고 나면 구술자가 글을 확인하고 숙고

할 충분한 시간을 주고 함께 논의하는 시간을 거치는데, 그러한 원칙을 세운 데에는 이러한 점도 고려되었다(이는 3부에서 자세히 다룬다).

결론적으로 인터뷰가 기록자는 물론 구술자에게도 의미가 있으려면 구술자에겐 자신의 경험을 스스로 정리하고 언어화하는 충분한 시간이 허락되어야 한다.

(사람은) 사람에게 뭔가를 말하는 것으로 꽤 많은 것을 얻을 수 있다. 생각지 못한 반응을 얻는다거나 생각의 실마리를 얻는다거나 이야기하던 중에 자기 생각이 정리된다거나 단순히 격려를 받기도 하고 때로 용기를 얻는 일도 있다. 이야기를 하는 것만으로 세계는 풍요로워진다. 자신의 세계도, 타인의 세계도 마찬가지다.[21]

몸으로 전하는 말 듣기

구술자는 온몸으로 말한다. 목소리뿐 아니라 표정, 몸짓, 손짓 등이 모두 함께 말을 건넨다. 특히나 "침묵당한 타자의 고통스러운 삶은 명징한 언어로 표현되지 못하고 몸짓과 표정

등을 통해 흔적으로만 드러나"기 일쑤다.[22]

가령 가족을 사고로 잃은 어떤 구술자는 사건에 대해 증언하러 언론 인터뷰에 나올 때마다 지긋이 웃는 얼굴로 말을 했다. 기록자가 그 웃음의 의미가 무엇인지 파고들어 묻자 그는 '감정적으로 보이고 싶지 않았다'고 답했다. 최대한 '사실'만을 이야기하는 것처럼 보이고 싶었다는 것이다. 진상 규명을 요구하고 나선 유가족들이 늘 울부짖는 모습으로 언론에 조명되고 시간이 흐르면서 그들의 말이 사회에서 외면되는 걸 보면서 쌓인 두려움이 그의 웃음 아래 깔려 있었다. 눈물만큼이나 비통한 웃음이었다. 그의 마음에 주목하지 않으면 그 웃음은 그저 의연한 태도로 읽히고 말 수도 있다. 구술자가 몸을 통해 말하는 이야기를 잘 듣기 위해서는 기록자 또한 온몸이 귀가 되어 들으려 애써야 한다. 이것은 상당히 에너지를 쓰는 일이다.

기록자와 구술자가 쓰는 언어의 차이가 클 때, 인터뷰에 더 많은 집중력이 필요하다. 일례로 언어장애가 심한 분들을 인터뷰할 때마다 어려움을 겪는다. 비장애인인 나는 그의 언어에 익숙하지 않기 때문이다. 종종 그의 말을 이해하지 못해 다시 묻곤 한다. 또 내가 그의 말을 잘 이해했나 확인하기 위해 그가 해준 말을 정리해 되묻기도 한다. 일반적인 인터뷰라면 구술자가 짜증을 낼 상황인데 언어장애가 심한 분일수록 사회적 억압을 더 많이 경험해왔기에 기록자를 탓하기보단 자신의 언어장애를 탓하며 위축되는 경향이 있다. 부당한 일이다. 그 부당함에 대해 함께 이야기를 나누어도 좋고, 그런 대화와는 별개로 그의 말을 한마디도 놓치지 않으려는 태도를 일관되게 보여주어야 한다. 말보다 중요한 것은 태도다. 느리더라도 구술자는 자신이 존중받고 있음을 느끼게 된다.

몸의 언어라고 하면 사람들은 표정을 많이 떠올린다. 얼굴은 타인에게 인식되고 감정을 소통하는 기능을 하는 가장 중요한 신체 부분으로 여겨진다. 첫인상이라는 말이 있듯 사람들은 얼굴을 통해 타인을 인식하거나 평가하며 그에 대한 이미지를 형성하곤 한다. 또 사람들은 자기 얼굴 표정을 통해 여러 가지 심리와 감정 등을 드러내거나 상대방에게 전달한다. 삶이 얼굴을 만든다는 말이 있듯이 얼굴은 육화된 언어의 대변자이기도 하다. 그러나 이 또한 우리가 가진 고정관념이다.

95퍼센트. 화상경험자의 삶을 기록한 『나를 보라, 있는 그대로』를 작업하며 내가 만난 구술자의 화상 범위를 가리키는 숫자다. 온몸에 95퍼센트의 화상을 입었다는 건 피부의 5퍼센트만 멀쩡하다는 의미로, 내 구술자는 책에 담긴 구술자 7명 중 가장 심한 화상을 입었으며 생존한 화상 경험자 중 가장 큰 화상을 입은 축에 속한다.

나는 이 작업에 참여하며 생애 처음으로 화상경험자를 접했다. 첫 인터뷰 약속을 잡고 난감했다. 시선을 어떻게 처리할지부터가 걱정이었다. 과한 호의도, 연민도, 호기심도 아닌 눈빛은 과연 무엇일까. 상흔이 가득한 얼굴에서 그의 표정을 도통 읽어낼 수 없을 것이라는 점도 걱정이었다. 구술자를 마주하며 바짝 긴장했다. 그 순간 내게 평정심을 가져다준 건 나의 눈빛에 대응하는 그의 자세였다. 그는 아무 일 아니라는 듯 담담히 자신의 이야기를 들려주었고, 나는 그의 이야기에 빠져들었다.

채 20분도 지나지 않아 내 눈엔 오직 그만 보였다. 상흔으로 가득한 얼굴이 아니라 고유한 한 세계를 가진 사람이 내 앞에 있었다. 얼굴에 입은 깊은 화상은 미세한 얼굴 근육들을 파괴해 표정을 짓지 못했지만 그의 눈동자가, 그의 손짓이 또 다른 방식으로 말을 걸었다. 그가 온몸으로 말했기에 나 역시 온몸이 귀가 되어 들었다. 들으며 깨달았다. 듣는 건 참 어렵고 귀한 일이라는 것을.

참고로 한 가지 덧붙이고자 한다. 영상 촬영에 대해서다. 최근에는 문자기록 중심의 인터뷰를 보완하기 위해 영상 촬영을 동시에 진행하기도 한다. 영상을 촬영하면 인터뷰 당시에는 미처 포착하지 못한 표정 변화나 몸짓 등을 볼 수 있다. 보다 완결된 1차 기록 자료를 보존하고 공유할 수 있다는 점에서 최근 들어 학문적 영역의 구술 아카이빙에서부터 점차 확대되고 있다.

하지만 영상 촬영은 구술자에게 상당한 심리적 부담을 준다는 점에서 보편화하는 데는 한계가 있다. 목소리를 통해 말하는 것과 얼굴까지 공개하는 것은 차원이 다른 일이다. 또 구술자들은 때때로 자신과 인터뷰한 내용을 비공개하기를 요청하는데 이때 영상 촬영본이 남아 있다는 건 더 큰 부담이 된다. 물론 영상 기록의 필요성을 체감할 때가 있다. 언어장애가 심하거나 연로하여 다시 구술을 받기 어려운 분이라면 영상 촬영의 필요성을 더 많이 체감한다.

익숙하고 매끈한 이야기 앞에서 멈추라

인터뷰는 마치 살아 있는 생물과도 같다. 어디로 흘러갈지 도무지 알 수가 없다. 어떤 인터뷰도 미리 준비한 질문지 순서대로 진도를 뺄 수 없고, 의도대로 진행되지 않는다. 구술자가 격한 호의로 내 질문에 술술 대답해줄 거라는 기대도 하지 않는 게 좋다. 인터뷰는 인터뷰하는 날 기록자와 구술자의 컨디션이나 심리, 인터뷰 장소, 인터뷰 주제, 관련된 사회적 환경 등은 물론이거니와 오만 가지 잡다한 것들로부터 다 영향을 받는다.

또 인터뷰는 기록자가 그다음 질문을 뭐라고 잇는지에 따라서도, 구술자의 반응에 따라서도 달라진다. 인터뷰는 "시간 의존적, 장소의존적, 맥락의존적" 성격을 갖기 때문이다.[23] 그러니 인터뷰를 통제하겠다는 생각은 아예 하지 않는 게 좋다. 어쩌면 그날 그 장소에서 유일하게 통제 가능한 건 인터뷰가 아닌 기록자, 자기 자신의 태도뿐이다. 구술자의 이야기가 애초 정해두었던 주제에서 잠시 벗어나더라도 억지로 흐름을 끊기보다는 그의 이야기를 경청하며 길을 다시 찾아가는 게 좋다. 예상치 못한 보석 같은 이야기들은 그런 곳에서 튀어 나오기도 한다.

대추리 미군기지 반대 투쟁 이후의 굴곡진 삶의 역사를 묻기 위해 만난 인터뷰에서 우리는 진 싸움 이후 해방의 기쁨을 맛본 여성들을 만났다. '나고 자란 고향, 평생의 터전, 이웃집 숟가락이 몇 개인지 알았던 공동체가 싸움의 과정에서 폐허가 됐다.' 기존의 서사는 이러했다. 그리고 이 서사는 성인 남성의 것이었다.

대추리라는 시골 마을로 시집 온 여성들에게 싸움에서 지고 고향 땅과 삶의 터전을 빼앗긴 일은 뼈아픈 상처였다. 그러나 그날 이후 여성들은 평생 땅을 일구며 살아야 한다는 업보에서, 남편의 수입에 의존해야 하는 촌부에서, 모두가 시부모이자 시댁인 마을 공동체에서 명분 있게 벗어날 수 있었다. 흙때 없는 옷을 차려입고 도시를 드나들며 드디어 내가 번 내 돈이 되는 일자리를 얻으면서 여성들은 묘한 해방감을 느꼈다고 했다.

그때 기존의 질문지에 충실하려고 했다면 이런 이야기는 듣지 못했을 것이다. 미리 짜놓은 질문에 매여 묻는 일에 집중하다 보면 듣고 머무는 일에 소홀해지기 쉬워져 상대방의 이야기에는 충분히 집중하거나 반응하지 못한다는 점을 기억해야 한다.

인터뷰의 목적은 이미 반복된 이야기를 찾는 데 있지 않다. 구술자가 너무 매끈하게 정리해 풀어놓는 이야기는 공식적인 이야기인 경우가 많다. 이미 수차례 내놓은 이야기라 누가 물어도 동일한 답변이 나오는 경우다. 이런 인터뷰에서 기록자의 자리를 만들기는 쉽지 않다. 기록자가 해야 할 일은 좀 더 관점이 새로운 질문을 찾아내는 것이다. 반면 횡설수설하지만 정리되지 않은 이야기가 오히려 더 많은 해석의 여지를 만들며 새로운 질문들을 만들어낼 수 있다.

나는 다양한 이유로 시설에서 오랫동안 생활한 중증 지체 장애인들을 여러 분 인터뷰한 경험이 있다. 초기에는 혹시 이분이 치매인가, 아니면 시설 생활을 오래 해서 인지 능력이 퇴화된 건가 의아할 때가 많았다. 이야기가 너무 두서없는 데다 시공간이 뒤죽박죽 섞여 튀어나오다 보니 도통 맥락을 짐작할 수 없었다.

하지만 인터뷰가 무르익어가면서 깨달았다. 이러한 이야기의 구성이 매일 똑같은 일상에서 비롯한 것이었다. 학교도, 친구도, 외출도 불가능한 삶이었기에 그들에겐 상처받은 어제가 오늘이고 오늘이 내일이었다. 10년 전 어느 날과 그로부터 10년 후의 어느 날이 아무런 차이가 없었다. 기억을 재구성할 기준이 되는 시점이 없으므로 기억이 뒤죽박죽 엉킨 것도 이상한 일이 아니었다. 뒤엉킨 기억은 그 자체로 장애인들이 어떤 삶을 살아내고 있는가를 명징하게 보여줬다.

인터뷰의 목적은 상대방의 이야기를 경청하고 그 이야기의 의미를 발견하는 데 있다. 그러니 인터뷰를 예단하지 말고 새로운 이야기의 가능성에 열려 있어야 한다. 익숙하거나 매끈한 이야기일수록 다시 생각해보자.

두 시간 곱하기 두 번의 비밀

인터뷰하다 보면 때로는 이야기가 너무 흐르고 넘쳐 예상 시간을 훌쩍 넘기는 바람에 준비해 간 질문을 다 던지지 못하고 올 때도 있다. 때로는 대화가 공회전하거나 구술자의 말이 모두 단답이어서 준비에 비해 별다른 수확 없이 끝나기도 한다. 그런 날은 나는 무엇을 했나, 이게 최선이었나 스스로에게 되물으며 기운이 쪽 빠진다. 다음 인터뷰도 이러면 어쩌나 하는 걱정으로 다른 구술자 목록을 뒤지기도 한다. 하지만 기대를 접기보단 다음 인터뷰가 남아 있다는 희망을 품는 게 좋다.

논문이나 기사 쓰기를 위한 인터뷰가 아닌 이상 인터뷰는 한 번에 2시간 이상, 2회 이상을 권하고 싶다. 같은 질문이라도 1차 인터뷰에서 들을 수 있는 이야기와 2차 인터뷰에서 들을 수 있는 이야기는 조금 결이 다르다. 시간의 변화, 공간의 변화 그리고 관계의 변화가 또 다른 인터뷰의 물꼬를 틀 수 있기 때문이다. 그러니 한 번에 끝내겠다는 마음으로 장시간 인터뷰하기보다는 끊어서 인터뷰 횟수를 늘리는 게 좋다.

내 경험상 집중이 가능한 적당한 인터뷰 시간은 2~3시간이다. 언뜻 생각할 때 2시간은 한 사람의 생에 대해 듣기에 너무 짧은 시간 같지만, 집중해 듣기에 적지 않은 시간이다. 경험상 '2시간×2번 법칙'을 적용해본다면 내가 잘 아는 사람도 매우 다른 사람으로 느껴질 것이다.

1회차 인터뷰를 그가 하고 싶은 말에 초점을 맞추었다면 2회차 인터뷰는 내가 듣고 싶은 말, 들어야 할 말들에 무게중심을 둔다. 1차 인터뷰 녹취록으로 그의 의식, 감정, 사건에 대한 진술을 확인한 후, 인터뷰 목적에 부합하게 그의 말들과 서사 사이의 구멍과 틈새를 채우는 것이 2회차 인터뷰의 중요한 목표다. 이때 1차 인터뷰 녹취록은 2차 인터뷰의 방향을 설정하고 세부적인 질문을 구성하는 데 매우 좋은 지침서다. 인터뷰가 흐름에 집중한다면 녹취록은 순간에 대한 집중을 가능하게 한다. 인터뷰가 전망대에 올라 숲을 조망하는 행위라면, 녹취록을 만들고 읽는 것은 숲을 이루는 나무 하나하나를 자세히 들여다보는 행위기 때문이다.

보통 나는 1차 인터뷰에서 만남을 허락했을 때 어떤 생각을 했는지, 오늘 인터뷰 자리에 오면서 어떤 마음이었는지를 물으며 인터뷰를 시작하는 편이다. 그리고 2차 인터뷰 때는 1차 인터뷰를 끝낸 뒤 그의 마음과 생각에 대한 이야기를 물으며 다시 질문을 시작한다. 물론 이때 1차 인터뷰에 대한 나의 소감도 가급적 분명하게 이야기하는 편이다. 관계를 보다 매끄럽게 해주면서 1차 인터뷰에서는 차마 하지 못했던 말, 묻지 못했던 말을 보다 편안하게 나눌 수 있게 된다. 인터뷰 내용도 세밀하고 풍요롭게 채워질 가능성이 크다. 들어야 할 서사가 많지 않다면 보통 3회차 인터뷰는 두 차례 인터뷰로 얻은 재료로 글을 재구성하면서 더 세밀하고 정교하게 비어 있는 부분들에 대해 묻고, 이야기의 결을 재확인하는 형식으로 진행한다.

　　1회차 인터뷰와 2회차 인터뷰, 2회차와 3회차 인터뷰 사이에 적당한 시간 간격을 두는 것도 권한다. 이 시간은 기록자와 구술자 모두에게 지난 인터뷰가 자신에게 어떤 의미였는지를 돌아볼 수 있는 시간이다. 인터뷰에 응한 목적인 무엇이었는지, 인터뷰를 청한 목적은 무엇이었는지, 어떻게 말하고 어떻게 들었는지 곰곰이 되짚는 시간이 될 수 있다. 기록자에게는 녹취록을 정리하면서 서사와 이야기의 구멍들을 확인하는 시간이기도 하다.

나는 형제복지원 피해자 한 명을 인터뷰하면서 기록자와 구술자의 라포, 인터뷰 회차의 시간 거리 두기, 기록자의 보다 분명한 태도가 필요하다는 것을 배운 바 있다. 내가 인터뷰한 그는 다른 형제복지원 피해자들과는 사뭇 달랐다. 그는 자신의 지난 33년을 형제복지원의 "나쁜 기억보단 좋은 기억을 붙잡으려 애써온 삶"이라고 힘주어 강조했다. 다른 피해생존자들이 형제복지원이 자신의 삶에서 어떤 고통이었는지 강한 분노를 드러냈다면 그는 마음속 요동을 잘 내비치지 않았고 다른 피해생존자와는 다르게 매우 평범하고 안정적인 삶을 살고 있는 듯 보였다.

왜 그리 성실히 이 인터뷰에 응하는지, 형제복지원의 진실을 붙잡으려 애쓰는지 마음이 서걱거렸다. 두 번째 인터뷰가 마무리될 때쯤 나는 그에게 단도직입적으로 내 마음의 서걱거림을 드러내며 물었다. 그는 조금 주춤하고는 내 시선을 피하지 않고 입을 뗐다. "그때 제가 나이도 어리고 얼굴이 좀 귀염성 있는 편에 속했던 것 같아요. 그래서였는지 밤에 자려고 누우면 누가 내 뒤에 와서… 밤마다 두렵고 겁났는데, 탈출구가 없었어요."

첫 인터뷰에서도 그는 형제복지원에서 벌어진 성폭행, 성추행에 대해 말했지만 그건 그의 경험이 아니었다. '소문', '들었다'는 맥락 안에 자리 잡고 있었다. 그러나 그날 그는 생애 처음으로 33년간 홀로 지고 있던 짐의 무게를 털어놓으며 그때의 성폭행 피해 경험이 지난 33년간 그를 어떻게 괴롭혔는지 이야기해주었다. 인터뷰를 마쳤다고 생각한 그때 인터뷰가 다시 시작되었다.

만남의 장소는
구술자에게도 기록자에게도 중요하다

그와 내가 만나기로 한 곳은 부산역 앞 카페였다. 낯선 부산에서 인터뷰 장소를 물색하다 발견한 곳이었다. 도착해서 보니 다행히 1, 2층이 연결된 곳이라 공간이 넓었고, 주인 눈치를 볼 필요도 없었다. 테이블과 테이블 사이가 넓어 은밀한 이야기를 나누기에도 적당해 보였다. 잔잔한 음악이 조용히 흐르고 있어 대화를 방해하거나 소음이 녹음될 걱정은 안 해도 될 듯했다. 거기에 흡연이 가능한 야외 테라스라니! 흡연가인 그가 적절히 긴장을 해소하며 이야기에 집중할 수 있을 것 같았다. 또 부산역 바로 앞이라 찾기도 쉬웠고 지하철과 버스 노선이 많아 오가는 길이 어렵지 않을 터였다. 더구나 부산역은 과거 부랑인들을 일제단속해 잡아가던 가장 대표적인 장소였으니 이야기를 떠올릴 매개로서도 적절한 장소였다.

역시 그는 단번에 카페를 찾아냈다. 비싼 음료수 값에 주춤하며 미안해하긴 했지만 인적 없고 여유로운 카페가 마음에 드는 눈치였다. 음료를 받아들고 2층으로 올라가 흡연이 가능한 테라스에 자리를 잡았다.

"한 대 피우겠습니다. 이게 없으면 얘기를 잘 못해서리."

그가 서둘러 담배에 불을 붙이고는 한 모금 깊게 빨고 내뱉고서 말했다.

"제가 저기서 50년 전에 잡혀갔지요. 그놈들 눈엔 내가 저 사람들처럼 보였나 봅니다."

그의 손가락 끝이 닿은 곳은 부산역 광장이었다. 거기엔 삼삼오오 짝을 이룬 사람들이 나무 그늘에 앉아 8월의 더위를 식히고 있었다. 누구도 그들 옆에 앉으려 하지 않았다. 추레한 옷차림, 언뜻 언뜻 들려오는 고성, 손에 들린 소주까지, 누가 봐도 영락없는 노숙자였다. 장소에 대한 내 계산이 딱 맞아떨어진 느낌이었다.

자연스레 그가 한 많은 자신의 60년 생을 거슬러 복기하기 시작했다. 그러나 말이 짧은 데다 어려서부터 예닐곱 개 시설을 전전한 터라 형제복지원을 중심에 둔 서사의 앞뒤가 잘 맞지 않아 애를 먹었다.

의외의 복병은 따로 있었다. 바로 그 카페였다. 꽤 괜찮은, 아니 나름 이상적인 장소라고 생각했지만 큰 오산이었다. 테이블 사이에 꽤 여유가 있었음에도 불구하고 그는 자신의 말을 누가 듣지는 않는지 신경을 썼다. 우리가 앉은 자리가 흡연석이었던지라 담배를 피우러 오가는 손님들이 많았고 우리는 그들과 몇 차례 눈이 마주치기도 했다. 내겐 의미 없는 시선이었건만 그는 그 시선에 움츠러든 듯 보였다. 말을 하다가도 사람들이 지나가면 말을 끊었고 누군가 자신을 응시하면 눈을 피했다. 그럴 때마다 대화는 중단되었다. 장소를 옮겨야 한다는 신호였다.

"흡연석이라 조금 부산스럽지요?"

서둘러 짐을 챙겨 같은 층의 가장 후미진 곳으로 자리를 옮겼다. 그러나 한번 흐트러진 분위기는 쉽게 안정되지 않았다. 짧았던 말이 더욱 짧아졌다. 사람들의 작은 동작 하나에도 그의 온몸의 감각이 예민하게 반응했다.

결국 준비해 간 질문 목록의 채 반도 제대로 묻고 듣지 못한 채 인터뷰가 정리됐다. 그는 연신 미안해했다. 나는 괜찮다고 답했지만 내심 많이 아쉬웠다. 오간 시간과 만만치 않은 교통비에 본전 생각도 났다.

대체 무엇이 그에겐 그렇게 불편하고 답답했을까 되짚다

가 그에겐 여전히 부랑인이라는 기표가 주홍글씨처럼 온몸에 새겨져 있는 건 아닐까 생각했다. 절대 들키고 싶지 않은 과거가 뭇 사람들에게 새어나갈 수도 있다는 걱정도 있었으리라.

그리고 사람들 눈에 우리는 참 이상한 조합이었을 수 있었겠다는 데 생각이 이르렀다. 울고 있는 60대 후반의 왜소한 남성, 그와 마주 앉은 30대 후반의 건장한 여성 그리고 그 둘 사이에 놓인 녹음기. 그가 편히 이야기를 나눌 수 있는 공간은 남들의 시선과 귀로부터 완전히 자유로운 자리, 바로 구술자의 심리적 안전성이 보장되는 장소여야 했다. 인터뷰 장소 역시 기록자의 눈높이에서 보면 안 되는구나 싶었다.

그 뒤 나는 구술자가 말하기 편안한 장소가 어디일까 골몰했다. 조용하고 안전하며 부담 없는 분위기에 더해 말이 새어나가지 않고 조용하며, 구술자를 위축시키지 않는 공간은 어디일까? 구술자가 친밀하게 느끼는 공간, 예를 들어 집이나 아지트, 때론 일터나 사무실은 이를 만족시키는 꽤 매력적인 공간이다. 인터뷰라는 부자연스럽고 낯선 상황에 놓인 구술자의 낯설음이나 긴장, 부담은 줄이면서도 공간만이 기록자에게 건네는 무언의 말이 있기 때문이다. 또 구술자에게 익숙한 물건이나 사진 등은 어색한 대화의 좋은 소재이면서 이를 통해 더 많은 자료와 정보를 얻을 수도 있다.

내가 인터뷰를 수행한 곳 중에서 가장 인상 깊었던 장소를 꼽으라면 광고탑이다. 광고탑이라니 의아할 수 있도 있겠다. 고속도로를 지날 때 흔하게 보이는 높게 세워진 그 광고탑, 경부고속도로 옥천나들목 부근의 광고탑, 그 위에는 유성기업 노동자 한 명이 사측의 노조 파괴에 항의하며 200여 일째 고공 농성 중이었다.[*]

지상에서 크레인을 타고 하늘로 향하는 그 몇 분이 얼마나 아슬아슬하던지. 더 아슬아슬했던 건 지상에서의 삶이었다. 200일 넘게 그가 머문 장소는 채 한 평도 되지 않는 허름한 움막과도 같았는데 하늘에 올라서 본 건 그의 외로움, 고독함 그리고 밑에 있는 이들의 노심초사였다. 생존을 위해 하늘로 올라 사계절을 나고 있는 자의 두려움과 그의 생명줄을 위해 매일 끼니를 올리고 대소변을 받아내는 사람들이 한눈에 들어왔다. 작은 바람에도 위태로운 광고탑과 그 하늘 아래를 지키며

---

[*] 유성 투쟁

유성기업은 충북 영동에 소재한 현대자동차 부품 납품업체로, 유성투쟁은 2011년부터 2020년까지 10년간 유성기업을 대상으로 벌인 노동자 투쟁을 가리킨다. 유성기업 노사는 2009년 야간노동을 없애는 것을 골자로 한 '주간연속 2교대제 시행'을 합의했으나 사측이 2011년 일방적으로 약속을 파기하면서 투쟁이 시작되었다. 노동자들이 합의 이행을 요구하며 쟁의를 시작하자 사측이 직장폐쇄, 노조 간부 해고, 어용노조 설립 등으로 맞서면서 노동자 한광호 씨가 자살하는 등 10년간 많은 피해가 발생했으며, 극심한 갈등을 겪었다.

한뎃잠을 사는 사람들이 함께 눈에 들어왔다. 보이고 느껴지는 것이 많자 질문 목록이 끝없이 길어졌다. 참고로 그때 내가 만난 이정훈 지부장은 259일 만에야 땅을 밟을 수 있었고, 유성 노동자들은 그로부터 7년이 지난 2020년 12월에야 싸움을 정리했다.

구술자에게 편하고 안전한 공간이 기록자에게도 항상 편하고 안전한 공간이 아니라는 점을 유념해야 한다. 특히 기록자와 구술자의 성별이 다를 때 둘만 머무는 구술자의 사적 공간은 기록자에겐 불편하고, 나아가 위험한 공간이 되기도 한다. 혹시 있을지 모를 상황에 신경이 곤두서거나 긴장 상태에 놓이는 것만으로도 기록자는 구술자의 말과 행동에 집중하기 어렵다. 기록자가 여성이고 구술자가 남성일 때 이런 공간에서 성희롱이나 성추행 같은 사건이 실제로 발생하기도 한다. 일례로 나는 자녀를 잃은 고통을 호소하던 구술자의 사적 공간에서 인터뷰를 하다 그에게 성희롱을 당했다. 다른 동료는 트라우마 경험을 토로하던 구술자의 제안에 따라 구술자의 사적 공간에서 인터뷰하다 성추행 피해자가 됐다.

이 구술자들 모두 사회적 신망이 크고 기록자와도 신뢰가 두터운 사람이었기에 기록자가 받은 충격은 훨씬 컸다. 가해자를 탓하기에 앞서 혹여 무슨 빌미를 제공했나 몇 번이나 되짚어야 했던 불쾌함, 이 사실을 주위에 어떻게 알려야 할지 몰라 서성였던 시간, 인간에 대한 심각한 회의까지. 지금도 그때를 생각하면 아찔함과 동시에 인간에 대한 의문표가 생긴다.

또 술자리는 인터뷰에 적합하지 않다는 말도 덧붙이고 싶다. 때때로 술자리 인터뷰가 이뤄지기도 한다. 술 좋아하는 나도 기록활동 초창기에는 가볍게 술 한 잔 곁들인 인터뷰를 마다하지 않았다. 하지만 가벼운 사건 취재라면 모를까 보이지 않는 청자를 염두에 둔 인터뷰라면 술을 마시는 건 추천하지 않는다. 술은 관계의 긴장을 풀어준다는 장점이 있지만 술기운을 빌려 나눌 수 있는 이야기는 술자리를 넘어서까지 유통되기 어렵다. 인터뷰라는 공적 관계, 거리 유지에도 물음표가 생긴다.

결론짓자면 인터뷰하기 좋은 장소란 구술자는 물론 기록자 역시 편안하고 안전한 공간이다. 그리고 서로에게 적절한 거리가 보장되는 장소다.

3부

기록,
어떻게 쓸까

듣는 일과 쓰는 일

한 홈리스 남성의 이야기를 쓸 때의 일이다. 그는 오랜 노숙 생활 끝에 홈리스의 자립을 지원하는 잡지 「빅이슈」의 판매원이 되었다. 생애사는 한 사람의 삶에서 일어난 중요한 사건들에 주의를 기울이며 듣게 되는데, 그가 삶의 '첫 사건'으로 언급한 것은 어머니의 죽음이었다. 가장 믿고 사랑한 가족의 죽음은 크나큰 상실의 고통으로 남는 경험이다. 동시에 삶의 중요한 분기점이다. '그때 그 일이 일어나지 않았다면 내 인생이 지금과는 다르지 않았을까?' 후회하게 되는 그런 종류의 사건 말이다. 어머니를 잃었을 때 그는 고작 열 살이었다. 그의 부모는 적당히 가난했고 국가는 그와 같은 아이들의 삶에 상당히 무심했다. 부지런한 어머니의 힘으로 배는 곯지 않고 살아왔다.

그러니 어머니가 사라진다는 건 교육의 기회 또한 끊긴다는 것을 의미했다.

배운 것 없이 형의 집에서 일하다 스무 살에 집을 나온 그에게 세상은 위험한 일터 천지였다. 공사장, 농장 등을 전전하며 다친 게 부지기수다. 서울역에서 배를 곯고 있을 때 일자리를 준다는 말에 따라갔다가 새우잡이 배에 팔려 갔다. 거기서도 죽을 고비를 몇 번 넘기고 탈출했다.「빅이슈」판매원이 되기 전 마지막으로 일한 곳은 염전이었다. 나이든 일꾼을 받아주는 곳이 그곳뿐이라 굶어 죽지 않으려면 가야 했다. 그 일마저 그만둔 건 다리를 다쳤기 때문이었다. 소금 수레의 무게가 그를 짓눌렀다.

그는 여기저기 아픈 곳이 많았다. 그런데 병원 가기를 한사코 거부했다. 돈이 문제였을까. 의료 지원이 가능했으므로 그것이 가장 큰 이유는 아니었을 거다. 그렇다면 뭐가 문제였을까. 끝까지 듣지 못한 답을 두고 고민하다가 역시 그처럼 거리에서 오래 살아온 다른 판매원에게 넌지시 물었다. 당신이라면 이럴 때 어떤 마음일 거 같냐고. 그는 잠시 다른 곳을 보고는 이렇게 답했다. "무서우니까."

손쓸 수 없는 큰 병에 걸렸다는 진단을 받게 될까 봐 두려워할 거라는 말이었다. 그것은 약해진 마음에 관한 이야기가 아니었다. 지난 시간 그를 짓누른 삶의 무게에 관한 이야기였다. 나의 구술자는 자기 몸 곳곳에 새겨진 상흔을 '나의 역사'라고 말했다. 잘린 손가락과 구부러지지 않는 손가락, 부러졌다 다시 붙은 갈비뼈, 갈고리에 찍혀 만들어진 허벅지의 깊은 흉터와 절뚝거리게 된 다리, 그 모든 것이 그의 역사였다. 그는 새 삶을 살아보려 했던 동료들이 오래 못 가 각종 몹쓸 병으로 죽어버리는 모습을 보아왔다. 그것은 아주 오래된 죽음이었다.

나는 그의 말을 들었다고 생각했다. 그렇게 그의 고난은 알았지만 삶은 몰랐다. 그의 삶을 알지 못하고 그에 대해 쓸 수 있었을까. 아찔한 일이다. 쓴다는 것은.

타인의 입을 떠난 말은 내가 그 뜻을 이해할 때에야 비로소 내게 들린다. 그러니 모든 대화가 끝나고 문서 프로그램을 열었다고 해서 듣는 일은 끝났고 쓰는 일만 남았다고 여기지 말길 바란다. 아직 그가 한 말을 다 듣지 못했을지 모른다.

인권기록은 우리가 모두 고유하고 존엄하며 평등하게 만날 수 있다는 선언을 현실로 만들려는 사람들의 이야기를 찾고 쓰는 것이다. 그 이야기는 우리가 늘 익숙하게 말하고 듣고 느끼고 생각해온 방식으로는 가닿을 수 없다. 낯설게, 불편하게, 다르게 되물어야 한다.

가장 날카로운 질문은 쓰는 사람인 나를 향한다. 글쓰기에 대해 말하는 건 그래서 늘 두렵다. 그럼에도 말해보기로 한 것은 내게 주어진 질문에 답을 해보고 싶어서다.

글을 쓰기 위해서는 '어떤 관점과 내용을 담을 것인가'라는 글의 주제적 측면과 더불어 그것을 '어떤 형식으로 담아낼 것인가'를 결정하게 된다. 재현 방식을 선택한다는 것은 이 재현이 어떤 효과를 내리라고 가정하고 기대하는 것이다. 그 기대는 쓰려는 글의 문제의식과 연결되어 있다. 무엇에 중점을 둘지에 따라 어떤 식으로 쓸지 결정된다. 글의 형식은 의도를 담아내는 방식이자 의도 그 자체다. 언제나 무엇을, 왜 말하고자 하는지 분명히 결정하는 것이 먼저다. 그러니 좋은 글쓰기의 기초는 기획 단계에서 형성한 문제의식을 선명히 가다듬는 것이다. 그런 의미에서 글쓰기는 기획과 동시에 시작한다.

글을 쓴다는 것은 수없는 고민과 선택의 과정이다. 누구를 향해 무엇을 말할 것인가. 지금 하나의 글, 한 권의 책이 되어야 할 의미 있는 이야기란 무엇인가. 어떤 사회적 반향을 끌어내길 원하는가. 여러 측면에서 질문해야 한다. 질문이 글을 만든다. 기획의도와 문제의식은 인터뷰와 글쓰기 과정의 지도와 같지만, 인터뷰와 글쓰기를 수행하는 동안 이 지도의 목적지도, 경로도 얼마든지 바뀔 수 있다.

대화의 기록, 녹취록

기록 과정에서 대화와 생각이 '문자'라는 것으로 적히기 시작하는 가장 첫 단계는 녹취록이다. 녹취록은 음성 대화를 문자화한 것이다. 모든 인터뷰가 녹취록에서부터 글쓰기를 시작하지는 않는다. 녹음하거나 영상으로 기록한 대화 중 필요한 일부만 문자화해 글을 만들어가기도 한다.

기록활동을 하면서 '녹취록을 만든다'고 하면 인터뷰에서 필요한 부분만이 아니라 녹음된 대화 전체를 문자화하는 것을 가리킨다. 대화의 전부를 글로 남기는 이유는 세 가지로 말해볼 수 있다. 첫째는 이 대화 전체를 기록(아카이빙)으로 남기기 위해서다(물론 기록의 목적이나 구술자의 요구에 따라 아카이빙하지 않을 수도 있다). 두 번째는 각각의 대화들을 다른 기록자들과 공유하기 위해서다. 세 번째는 글을 쓰면서 대화 전체의 흐름과 세부를 몇 번이고 다시 살펴보아야 해서다.

말뿐 아니라 모든 것을 기록한다

녹취록 작성은 생각보다 어렵다. 녹음 파일을 틀어놓고 들리는 대로 받아 적으면 되겠지 정도로 생각했다면 오산이다. 타인의 말을 통해 무언가를 기록하는 일을 시작하고 가장 먼저 느낀 벽은 말을 문자로 옮기는 것의 어려움이다. 말과 글은 다르다. 아무리 '그대로' 옮겨 적어도 말이 문자로 옮겨지는 순간 삭제되거나 변형되는 것이 생긴다. 이를테면 같은 문장이라도 어떤 높낮이로 발음하느냐에 따라 이 문장이 가진 정보가 달라진다. 문자로는 표준어로 적혀 있을지라도 지역의 멜로디를 가졌을 수도 있다. 한 문장을 강하고 빠르게 말하는 것과 여리고 느리게 말할 때는 또 얼마나 큰 차이가 생기는가. 말의 속도가 달라진다는 건 감정이 변한다는 것이다. 분노, 억울함, 인정받고자 하는 의지, 기쁨, 설렘, 긴장, 조급함, 쉽게 이름 붙일 수 없는 감정들이 그 속도에 묻어난다. 그것은 기억의 흔적일 수도 있고 기록자가 보인 반응에 대한 재반응일 수도 있다.

웃음과 눈물, 한숨과 침묵 같은 것은 또 어떠한가. 웃음 하나만 놓고 보아도 크게 터지듯이 "파하하!" 웃는 웃음이 있고, 마치 한숨처럼 "흐-" 웃는 웃음도 있다. 웃음은 그의 기질을 담은 것일 수도 있고, 정말 웃겨서 웃은 것일 수도 있고, 부끄럽거나 슬픈 마음을 감추려 억지로 지은 웃음일 수도 있다.

이 또 다른 언어들은 말의 뉘앙스를 결정할 뿐 아니라 구술자가 어떤 사람인지 이해하는 데 꼭 필요한 정보다. 따라서 우리는 말을 문자로 옮겨 적는 것만큼이나 구술자의 감정과 인상적인 행동, 인터뷰 분위기 등을 녹취록에 적어 넣는 데 공을 들인다. 그러니까 녹취록은 두 사람의 대화를 문자로 옮겨 적는 것 이상이다. 이것은 우리가 나눈 대화에 대한 기록이다.

우리는 한 기록활동에 참여한 전체 기록자들이 함께 읽고 의견을 나누는 시간을 기록 과정에 중요하게 배치한다. 혼자 하는 작업이라면 녹취록을 자기만 아는 방식으로 기록해도 되지만 공동 작업에서는 누구나 알아볼 수 있는 약속된 양식이 필요하다.

우리가 사용하는 녹취록은 크게 표지와 본문으로 구성된다. 먼저 표지에는 해당 인터뷰에 대한 기본 정보를 넣는다. 인덱스 기능을 할 수 있도록 해당 프로젝트명과 녹취록의 원본 음성파일명을 가장 먼저 쓰고, 누구와 누가, 언제, 어디서, 몇 번째 만났는지, 인터뷰 소요 시간과 인터뷰 분위기는 어떠했는지 등을 적는다. 본문은 대화를 기록하는데 기록자와 구술자가 나눈 말, 그 대화의 맥락이 담긴 지문이 들어간다.

녹취록을 옮겨 쓸 때는 기록의 목적과 성격에 따라 엄밀함의 정도가 다를 수 있다. '아' '네' '그러셨군요' 같은 기록자의 단순한 추임새를 제외한 모든 말을 그대로 옮기기도 하고, 크게 의미값을 가지지 않는다고 판단되는 구술자의 단순한 말버릇은 생략하고 기록할 수도 있다. 어느 정도로 엄격하게 옮겨 쓸 것인지는 기록자들이 결정하되, 기준을 정한 이유를 서로 명확하게 합의하는 게 필요하다. 중요한 것은 구술자의 말을 '매끈한 말'로 만들지 않아야 한다는 점이다.

대화의 지문은 크게 감정의 맥락을 담은 신체언어를 표시하는 서술과 기호로 구성된다. 기호에는 문장부호가 포함된다. 녹취록을 제작할 때 필요한 기호 사용의 예를 하나 소개한다. '5·18민주화운동 피해자 등의 집단트라우마에 대한 심리사회학적 표본조사' 연구팀에서 질적연구를 위한 녹취록 제작 기준으로 제시한 것이다.[24] 우리가 사용하는 기호보다 조금 더 상세한 기준을 만들어 사용하고 있는데 이를 참고 삼아 각자의 기준을 연구해보면 좋을 것 같아 허락을 구해 옮긴다.

구술 기호

- **[대괄호]**: 20여 분 단위 기록을 위해 사용합니다.

  (예시) 그런 일이 있었지요. [19:58] 마찬가지로 그날 (5) 아주 끔찍한 일이 있었습니다.

- **(숫자)**: 쉬는, 침묵하는 시간. 초 단위로 기입. 2초 이상 침묵 시 꼭 적어주세요!

  (예시) 인저 군인들이 막 (5) 아 삼십 명이 넘지요 그게.

- **(단어/문장/공백)**: 불확실한 녹취. 들리는 대로 적되, 녹취가 아예 불가능한 부분은 공백으로 처리. 해당 부분의 시작 시간대를 병기. 괄호를 많이 사용하셔도 괜찮으니 괄호 없이 임의로 비워두지 말고 모르거나 애매한 부분은 괄호를 꼭! 사용해주세요. 특히 인명, 지명 등 고유명사에는 특히 사용을 권장합니다.

  (예시1) 직업소개소에 갔다가 (다까사_17분 31초) 쇼땡이라는 데 소개해줘서 갔었어요.

  (예시2) 직업소개소에 갔다가 (17분 31초) 갔었어요.

- ((감정)): 기록자가 판단한 화자의 비언어적 표현을 기술할 때 사용.

  예시 내 몸값 벌어가 갚을란다구. ((크게 웃음))

- 마침표 . : 어조상 끝맺는 말이거나 의미상 확실히 마쳐질 때.

- 쉼표 , : 말이 쉬었다 이어지는 리듬. 스타카토처럼 띄엄띄엄 말하는 경우, 쉼표를 사용해주세요.

  예시 제 이름은 홍, 길, 동입니다.

- 짧은 줄 - : 길게 강조하여 발음. 길게 늘려서 띄엄띄엄 말하는 경우, 짧은 줄을 사용해주세요.

  예시1 근데 인자- 있잖아요.

  예시2 그때 진- 짜- 로- 떨렸어요.

- 물결 표시 ~ : 주로 말끝에 실리는 강한 억양. 구술자가 억양을 다르게 줄 때, 말의 높낮이가 있을 때 사용해주세요.

- 말줄임표 …… : 말끝을 흐릴 때 사용. 마침표를 세 번 찍지 마시고, 한글 문자표에서 찾아 입력해주세요.

> • 이 외에도 느낌표, 물음표 등 일상에서 통용되는 문장 기호를 사용하시면 됩니다.

이 기준을 적용해 녹취록 예시를 만들어보았다. 내가 어머니를 인터뷰한 글이다. 위 연구에서는 신체언어를 표시하는 서술을 각주 처리했으나 여기서는 겹괄호 안에 함께 넣었다.

기록자: 뭐 배우고 싶은 거 없어? 엄마 공부했으면 참 잘했을 텐데.

구술자: (5) ((잠시 뜸 들이며 생각함)) 주식은 내가 좀 하는 거 같아. 내 적성에 맞는 거 같아. 처음에는 잘 몰라서 잃기도 했는데. 귀찮을 정도로 남들 어깨 너머로 봐가면서 공부했지. 세상일은 뭐든지 수업료가 있어야 해. 아~무것도 거저 되는 건 없더라고-. 욕심 안 부리고 조금씩 하면, 뭐 내가 크게 할 돈도 없고, 돈 천만 원 가지고 쪼금씩 하는 거지. ((옆에 있던 개를 쓰다듬으며)) 배우고 싶은 거…… 영어나 쪼금 배웠으면 하는데. 요즘엔 어딜 가도 다 영어로 써 있는 게 많아서. 주식을 할라고 해도 회사 이름도 죄다 영어들이고…… 그거나 좀 읽을 수 있었

으면 좋겠다.

기록자: 그럼 배워봐. 엄마가 다닐 만한 데 알아봐줄게.
[1:40:05]

구술자: ((확 찌푸리며)) 싫어, 야, 늙어서 금방 다 까먹는
데 뭘-. (4) 내가 엄마로서 너한테 해줄 수 있는 건
그거 뭐냐, 돈을 관리하는…… ((말이 떠오르지
않음))

기록자: 재테크.

구술자: 그래 재테크- 내가 지식은 없어도 경험은 많으니
까-. 대학을 다녔다는 건 지식이 많다는 거잖냐. 지
식이랑 경험은 틀린 거잖아. 네가 나보다 많이 배
웠지만 이런 경험은 내가 좀 더 낫잖냐. 그거밖에
없는 거 같애. 내가 해줄 수 있는 게. 그렇다고 돈이
많아서 너한테 뭘 많이 해줄 수 있는 거도 아니고.
돈이 많다고 해도 자식한테 다 주는 게 자식을 위
해서도 좋은 일이 아니더라고. 자기 힘으로 설 수
있게 해야지.

기록자: 엄마, 전에 나보고 결혼하지 말고 엄마랑 같이 살
자고 했잖아. 기억나?

구술자: ((다른 곳에 두던 시선을 기록자에게 옮기며)) 내

가 언제?

기록자: 그랬잖아. 엄마가 챙겨줄 테니까 니가 하고 싶은
　　　　거 하고 살라고.

구술자: 아…… ((시선 돌리며)) 같이 살자고는 안 했지~.

기록자: 했는데.

구술자: 그래도 가족이 있는 게 좋은 거야-.

기록자: (5)

구술자: 끝났냐? 넋두리가…… 인터뷰가 되냐?

녹취록은 기록 직후에 인터뷰어가 직접 작성한다

　녹취록 작성 양식 외에 우리가 정한 다른 원칙도 있다. 녹
취록을 언제 작성할 것인가, 누가 작성할 것인가에 대한 원칙
이다. 녹취록은 인터뷰가 끝날 때마다 되도록 바로 작성하는
게 좋다. 인간의 기억은 시간이 지나면서 쉽게 휘발하기 때문
이다. 그리고 드물지만 구술자가 녹음이나 영상 기록을 거부할
때가 있다. 이럴 때는 대화 내용을 수기로 받아 적는데, 이런
경우라면 더더욱 인터뷰 후 바로 녹취록을 작성하는 게 좋다.

　그리고 우리는 녹취록은 될 수 있으면 구술자를 만난 기

록자 본인이 직접 만들기를 권한다. 부득이하게 다른 사람이 녹취록을 작성한다면 기록자의 확인이 꼭 필요하다. 숙련된 사람이라도 녹취를 풀다 보면 대화의 맥락이나 관련된 용어를 잘 모르면 엉뚱하게 적는 말들이 생긴다. 인물이나 단체의 이름, 장소명, 축약어, 특정 영역에서만 사용되는 은어나 전문 용어 같은 것이 특히 그렇다. 요즘에는 AI 기술이 발달해 음성 대화를 문자화하는 프로그램의 정확도가 상당히 올라갔다. 외부 잡음 없이 선명하게 녹음되었고 말하는 사람이 표준어 사용자이며 정확한 발음을 구사한다면 80퍼센트 이상의 높은 정확도로 변환해준다. 그러나 그러한 경우에도 특정 영역에서 주로 사용되는 용어를 담는 데는 한계가 있다. 대화의 맥락을 안다는 건 상당히 어려운 일인 것이다.

녹취록을 기록자가 작성하는 것이 좋은 이유는 또 있다. 인터뷰 때 놓친 것들, 미처 묻지 못한 것들을 녹취록을 작성하면서 발견하게 된다. 인터뷰할 때는 평온한 척 앉아 있지만 기록자의 머릿속은 부산하기 그지없다. 구술자의 말과 표정과 몸짓뿐만 아니라 인터뷰를 둘러싼 주변 환경에도 집중해야 한다.

주변의 소리가 잦아든 밤, 이어폰을 귀에 꽂고 녹음된 음성에 귀 기울이는 시간은 다시 구술자를 만나는 시간이다. 구술자를 마주한 때와는 달리 이제는 신경 쓸 것이 많지 않다. 몸도 마음도 한결 느슨해지니 직접 인터뷰할 때보다 더 깊이 인터뷰에 빠진다. 음성의 질감과 말의 리듬이 그려내는 세밀화를 더듬어본다.

기쁜 말, 슬픈 말, 떨리는 말, 머뭇거리는 말, 확신에 찬 말, 소리 높이는 말, 꺼져가는 말, 알 수 없는 말, 알 것 같은 말, 웃음과 눈물, 한숨, 침묵, 한 음절도 놓치지 않고 조심스레 문자로 옮겨 넣는다.

이렇게 대화를 곱씹다 보면 현장에서는 놓친 것을 발견한다. 내가 잘못 묻거나 엉뚱하게 이해한 것이 있음을 알게 된다. 아리송했던 그의 이야기가 뜻하는 바를 깨닫는 순간이 올 때도 있다. 이러한 발견은 다음 인터뷰를 위한 기초가 된다. 특별한 이유가 없다면 모든 인터뷰가 다 끝난 후 녹취록을 만들지 않고, 한 인터뷰가 끝날 때마다 녹취록을 만드는 이유가 여기에 있다.

다음 인터뷰도, 글쓰기도 녹취록에서 시작한다

녹취록은 그 자체로 결과물이지만 최종 목적의 글에 필요한 원자료에 가깝다. 기록자는 녹취록을 수없이 읽으면서 글을 만들어간다. 그런데 녹취록은 작성하는 일만큼이나 읽는 것도 수월하지 않다. 말이 글로 옮겨지는 순간에는 '정리되지 않은 글'이 된다. 매끈한 글을 읽을 때보다 더 많은 에너지가 드는 글이다.

인터뷰는 울퉁불퉁하다. 대화라는 것이 본래 그렇다. 이 얘기를 하다가 저 얘기로 뜬금없이 뛰기도 하고, 이 얘기를 하려고 저 얘기를 끌어오기도 하고, 지난 대화에서 나눈 이야기를 오늘 대화에서 다시 꺼내기도 한다. 그러다 보면 조금씩 다른 표현으로 서술되지만 실은 결이 같은 이야기들이 녹취록 이곳저곳에 흩어져 있게 된다. 그러니 인터뷰의 흐름을 따라가면서도 비슷한 이야기 또는 연결되는 이야기들을 묶어보면서 읽어야 한다.

읽어야 할 분량도 만만치 않다. 두 시간가량 나눈 대화를 문자로 옮기면 보통 한글 문서로 20쪽이 넘는다. 여기에 대화를 나눈 횟수만큼 곱한 분량이 한 사람분의 인터뷰 녹취록이다. 그런데 우리가 한 권의 책을 만들 때 구술자는 한 사람이 아니다. 우리가 함께 한 기록 중에서 구술자가 가장 적었을 때가 일곱 사람이었다. 녹취록만 열여섯 편이 나왔다. 20쪽씩 열여섯 편, A4용지로 320쪽짜리 녹취록은 내용을 떠나 읽기에 만만만 분량이 절대 아니다.

우리는 같은 프로젝트에 함께 참여한 기록자 모두가 이 녹취록 전부를 읽는 것을 원칙으로 한다. 각 기록자가 만난 구술자의 이야기가 가진 고유성과 차이, 그 이야기들이 한데 엮였을 때 가지게 되는 이 책만의 의미를 함께 찾아내야 하기 때문이다.

녹취록을 읽는 일의 가장 큰 어려움은 사실 여기에 있다. 이를 위해서는 녹취록을 읽는 것만으로는 충분치 않다. 많은 자료를 함께 읽어야 한다. 한 사람을 공부하는 것은 한 사람을 둘러싼 세상을 공부하는 일이기 때문이다. 구술기록은 '구술자의 말'만으로 글을 만든다는 오해를 받기 쉽지만 전혀 그렇지 않다. 녹취록 작성이 글쓰기의 본격적인 시작인 의미가 여기에 있다.

구술자의 삶이 품은 맥락을 발견하기

녹취록을 바탕으로 글을 어떻게 쓸지 가닥을 잡아가는 과정은 노력과 체력과 인내심이 필요하다. 먼저 각자 녹취록을 읽으면서 각 구술자가 어떤 사람인지, 그가 말하려는 것과 나에게 인상 깊은 이야기는 무엇인지 그리고 이것을 어떻게 해석하면 좋을지, 풀리지 않는 질문은 무엇이 있는지 정리한다.

그렇게 정리된 내용을 가지고 개인별 중심 서사를 읽어내고 그 의미를 해석한다. 또 각 사람의 서사를 비교해 읽어야 한다. 기록의 관점과 초점을 더 세밀히 가다듬으며 주제 의식과 구체적 내용을 정리한다. 그리고 이를 사람들에게 가장 적합하게 전할 재현을 고민한다.

한 사람의 서사를 읽어내려면 우선 녹취록 여기저기 흩어져 있는 비슷한 이야기 조각들을 하나로 모을 필요가 있다. 시간, 장소, 관계를 중심 틀로 이야기의 연결성을 주의 깊게 살핀다. 구술자는 시간의 흐름에 따라 이야기를 구성하기도 하고, 공간이나 관심 대상의 변화에 따라 말을 풀어가기도 한다. 문제의 발단과 전개, 해결에 따라 이야기가 구성될 수도 있다.

구술자가 중요하게 이야기한 사건들이 무엇인지 확인한다. 사건들이 이야기된 순서(중요한 사건일수록 먼저 이야기할 가능성이 크다), 등장 횟수(중요한 이야기는 여러 번 이야기할 가능성이 크다), 감정을 표현하고 의미나 해석을 드러내는 어휘들에 주목한다.

이때 기록자는 구술자의 경험과 사건을 사회적 맥락과 연결지어 해석해본다. 관련 자료를 추려 맥락을 보충하고, 이야기의 사실관계도 따져본다. 구술자가 삶에서 중요한 장면으로 언급한 공간과 상황을 다양한 각도에서 살펴 입체적인 맥락을 만드는 과정이다. 서사의 연결성을 찾아내고 의미화하는 발판이자 개인의 삶을 사회적 맥락에 연결하는 작업이기도 하다.

2020년 나는 라이더유니온과 함께 10대부터 50대까지 다양한 배달노동자들의 이야기를 기록하는 데 함께 했다. 플랫폼 산업이 '혁신'이라는 그럴싸한 말로 포장됐지만 실은 노동법의 규율을 피해 노동 통제를 강화하고 노동자를 열악한 조건

속에 묶어두고 있다는 점을 노동자의 목소리로 드러내기 위해서였다.

40대 남성 배달대행 라이더를 인터뷰할 때 나는 그가 배달대행 일을 하기 전까지 어떤 일들을 했었는지를 중요한 질문으로 배치했다. 플랫폼 산업에 유입되는 경로를 밝히고 각각의 노동 경험이 어떻게 연결되는 것인지를 보려고 했다. 그가 들려준 여러 일 중 특히 중요하게 여겨진 것은 1990년대 후반부터 약 10년간 서울 방배동 카페 골목 일대에서 카페와 술집을 운영했던 경험 그리고 재산을 거의 잃고 생계를 위해 꽃게잡이 배를 탔던 경험이었다.

그의 관점에서 전자의 경험은 현재의 불안정하고 여유가 없는 경제적 상황과 대척점에 있는 그의 "화려한 시절"이다. 후자의 시간은 '바닥까지 떨어져본 경험'이다. 꽃게잡이는 이런 일도 해봤는데 다른 일은 못 하겠느냐는 마음을 심어준 곳, 그가 배달대행에 매진할 수 있는 이유가 되었다.

심야 영업을 규제하던 시기에 그는 불법 운영으로 큰돈을 모았다. 문제는 그에게 생각지도 않던 아이가 생기고 사회의 '정상 규범'에 순응하고 살기로 결심하면서부터 찾아왔다. 유흥업을 벗어나 '좋은 아버지'가 되기로 했지만 사회는 정상 궤도에서 조금이라도 벗어났다 돌아온 삶에 가혹했다. 의욕만 가지고 시작한 자영업에서 연거푸 실패를 맛보자 당장 생계가 곤란한 처지가 되었다. 그러나 그는 노동시장에서 경력 없이 나이만 많은 구직자에 불과했다. 경력 대신 몸 하나만 요구하는 일터를 찾아야 했다.

그렇게 뛰어든 여러 일 중 '꽃게잡이 배'를 중요하게 배치한 것은 일이 가장 고되거나 '보통의 회사원'의 삶과 멀리 떨어져 보이는 직업이어서는 아니다. 바다는 뭍과는 다른 세계처럼 여겨지고, 열악한 노동 환경에 대한 사회적 감시의 시선이 잘 미치지 못하는 곳이라서다.

20톤 미만의 어선은 노동법의 사각지대다. 어선원 숫자도 모두 얼마나 되는지 알 수 없고, 4대보험 가입률은 낮은데 재해율은 높다. 임금도 일정 기간의 총 어획량을 선주와 선장, 선원들이 일정 비율로 나눠 갖는 '보합제'라는 특수한 방식으로 지급된다. 어획량에 따라 받는 금액이 변하는데, 더 나쁜 건 조업에 들어가는 경비를 제한 금액에서 나눈다는 점이다. 이러한 계약 방식 때문에 어선원은 오랫동안 근로기준법상 노동자로 인정받지 못했다. 2007년에야 노동자로 인정하는 노동부의 첫 해석이 나왔다. 이러한 경험들이 현재 오토바이 배달대행 노동자로서 구술자가 겪는 문제들과 만나는 지점이 있다고 보았다 (글을 쓸 때도 그 연결성을 드러낼 수 있게 구술을 배치했다).

물론 이러한 내용은 모두 구술자의 말에서만 정보를 얻지 않는다. 어선 노동 경험을 예로 든다면 구술자는 꽃게잡이 배에서의 조업 경험, 보합제로 인해 기대보다 적은 임금을 받게 되어 속상했던 마음을 이야기했을 뿐이다. 이 말들을 이해하기 위해 나는 자료를 조사해 크게 두 가지를 검토했다. 하나는 실제 꽃게잡이 배에서 조업 노동이 어떤 식으로 이루어지는지, 또 하나는 꽃게잡이 배를 비롯한 중소형 어선의 노동 환경과 관련한 이슈들이 무엇이 있는지였다.

전체 글 중에서는 작은 장면일 수 있지만 내가 잘 모르는 영역이기 때문에 자료조사는 충분하고 세밀해야 했다. 특히 꽃게잡이 배처럼 내가 전혀 경험해보지 못한 공간에서 이루어지는 일에 관해서는 짧은 설명만 듣고서는 잘 이해하기 어렵다. 공간 구조는 어떻고, 그 안에서 어떤 사람들이 어떤 식으로 몸을 쓰는지를 대강이라도 알아야 상상해볼 수라도 있다.

다행히 요즘은 클릭 몇 번만 해도 다양한 현장 영상을 인터넷으로 찾아볼 수 있다. 나는 꽃게잡이 배의 노동을 다룬 영상 자료들을 살펴보면서 구술자가 일했을 배의 규모와 일하는 모습을 어림해보았다. 어선원의 노동 실태와 법 제도의 한계에 대해서 실태보고서와 연구 자료, 보도 기사 등을 참조했다.

'김복자'라는 가명으로 자기를 소개하기로 한 70세 홀리

스 여성을 인터뷰했을 때는 또 다른 의미로 사회적 역사적 맥락을 검토하는 일이 중요했다. 이 여성과의 첫 인터뷰 후 나는 아주 난감한 기분에 빠졌다. 김복자의 말이 자주 바뀌었기 때문이다. 어릴 때 부모님이 돌아가셨다고 했는데, 조금 후에는 어릴 때 돌아가신 분은 아버지고 어머니는 훨씬 뒤에 돌아가셨다고 바뀌는 식이었다. 17세에 처음 집을 나온 사실은 분명히 이야기했지만 왜 나왔는지, 그 후에 처음 폐지를 줍게 된 쉰두 살까지 어떤 삶을 살았는지는 두루뭉술했다.

두 번째 인터뷰를 하러 가서 이유를 알게 됐다. 그는 이야기를 일부러 군데군데 뭉텅이로 잘라내고 말했다. 가정폭력, 아버지의 죽음과 어머니의 재혼, 가출, 인신매매, '화류계' 생활, 동거남의 폭력, 빈곤 같은 말로 설명되는 삶을 산 여자를 두고 사람들이 어떤 말을 지껄이고 어떤 눈빛을 보낼지 잘 알아서다.

김복자는 자기 삶을 타인에게 서사화해본 일이 거의 없었다. 기억을 적당히 편집할 솜씨를 부릴 여유도 없었다. 그러니 영화 필름을 아무렇게나 잘라 이어 붙인 것처럼 이야기가 마구 튀었다. 내가 자신을 비난하거나 불쌍하게 보지 않을 것임을 믿고서야 김복자는 좀 더 많은 이야기를 꺼내놓았다. 그러나 여전히 어떤 사건들은 뒤섞였고 시기를 특정할 수 없었다.

그러나 그의 삶은 한국 도시 빈민의 전형적인 삶의 궤적에 부합하는 이야기들로 구성되어 있었다. 일자리를 준다는 말에 들어간 무허가 직업소개소에 붙잡혀 팔려 간 이야기, 단속으로 노점을 빼앗겼는데 벌금 낼 돈이 없어 포장마차를 포기한 이야기, 사기를 당해서 곧 헐릴 집에 들어갔다가 날벼락처럼 철거당한 이야기, 모두 그 시기 빈곤 여성의 삶에서 충분히 '일어났을 법한' 일들이었다. 그녀가 말하지 못한 사실들을 심문하는 것이 아니라, 보충하는 것이 내 역할이었다.

김복자가 말하기 꺼린 사건 중 두 번째는 불법 직업소개소와 관련 있었다. 폭력적인 양아버지를 못 견디고 열일곱 살에 집을 나온 김복자는 불법 직업소개소에 속아 술집으로 팔려 간다. 당시 자료들을 찾아보았다. 일자리를 찾기 위해 도시로 온 여성들을 팔아넘기는 불법 직업소개소를 다룬 기사들을 몇 건 찾아볼 수 있었다.

자료를 찾으며 내게 인상적으로 들어온 것은 불법 직업소개소가 팔아버린 여성들의 삶에 대해서는 구체적인 이야기를 찾기가 어렵다는 점이었다. 인신매매를 비롯한 여러 경로로 성산업에 유입된 여성들의 이야기는 1970년대에 '호스티스 영화'라는 장르를 만들어낼 정도로 흔했다. 그러나 주로 남성 창작자들에 의해 쓰인 이 이야기들은 당시 여성들의 삶을 일부

담기는 했어도 그 삶을 깊이 있게 이해하고자 만들어진 것은 아니었다.

이 기록의 부재가 말하는 진실이 있다. 빈민의 삶, 그중에서 여성 빈민의 어떤 경험들은 아주 흐릿한 얼룩으로만 남았다. 왜 우리 사회는 가난과 젠더폭력의 교차점에 선 여성들의 이야기를 이렇게 지워버리고 있는가. 김복자의 이야기에 입체적으로 맥락을 부여하는 과정에서 우리는 그의 울퉁불퉁한 기억이 갖는 사회적 의미를 깨닫는다.

이렇게 자료조사는 구술자의 이야기를 해석할 힘을 준다. 또 이 과정에서 자연스럽게 이야기의 사실성과 타당성도 살피게 된다. 기획 파트에서도 강조했듯이 구술기록에서 사실성과 타당성을 검토한다는 것은 이야기의 진위(眞僞)를 가려내기보다는 이야기의 진의(眞意)에 다가가는 과정으로 배치되어야 한다. 김복자의 사례처럼 기억의 왜곡이나 부재가 구술자의 이야기에서 중요한 부분을 차지한다면 왜 이야기를 왜곡하는지, 왜 이야기에 빈 곳이 있는지, 그 의미를 적극적으로 해석할 필요가 있다. 지엽적인 오류로 판단되는 부분은 구술에서 수정하거나 덜어내면 된다.

구술사 방법론에서는 구술자의 삶의 맥락을 입체화하기 위한 첫걸음으로 연표를 그려보라고 조언한다. 연표에는 보통

두 타임라인이 그려진다. 첫 번째 타임라인에는 탄생부터 현재까지 구술자의 삶에서 일어난 중요한 사건들을 시간순으로 배치한다. 두 번째 타임라인에는 구술자의 삶과 관련된 중요한 사회적 사실과 사건을 배치한다. 이 연표는 생애사를 기준으로 한 것으로, 기록의 목적에 따라 여러 가지로 응용할 수 있다.

가령 세월호 참사 5주기에 출간된 『그날이 우리의 창을 두드렸다』는 참사 이후 진상 규명 투쟁에 매진한 피해자들의 삶에 어떠한 변화가 일어났는지 기록하는 것이 목적이었다. 그래서 세월호 참사 진상 규명 투쟁이라는 '사건의 시간'과 투쟁하는 개별 피해자들의 삶의 맥락을 드러내는 '사람의 시간', 두 개의 타임라인을 구성했다. 전자는 세월호 가족들의 진상 규명 투쟁과 관련한 공식적 사건을 추리고, 후자는 각 구술자별로 세월호 참사와 관련해 개인의 삶에서 일어난 중요한 경험을 정리했다.

이렇게 녹취록을 바탕으로 구술자의 이야기를 충분히 검토하고 해석했다면 이제 해석된 이야기를 어떻게 글로 구성할 것인가 하는 단계로 넘어간다. 기록의 취지에 맞춰 어떤 구성이 필요한지 판단하려면 먼저 다양한 구성 방식이 가진 특성을 살펴볼 필요가 있다.

기록의 형식: 대화식 구성, 일인칭 서술

우리는 한 사람의 서사와 자기표현에 중점을 두고 인터뷰를 수행한다. 그렇다고 해서 '구술기록' 하면 흔히 떠올리는 생애사(life history)나 생애 이야기(life story)로 기록의 방식을 한정하지는 않았다. 가령 우리 세 사람이 모두 참여한 『재난을 묻다』는 르포르타주 형식으로 기록된 책이다. 르포르타주(reportage)는 프랑스어로 보고(報告, report)를 뜻한다. 르포르타주의 핵심은 보고자(reporter)에 있다. 단순히 어떤 일이 있었다는 걸 알리는 데 그치는 것이 아니라, 보고자가 자신의 식견을 바탕으로 어떤 사회현상이나 사건, 한 인물이나 집단의 이야기를 심층 취재하고 종합해 쓴 글이다. 인터뷰로 얻은 내용과 그에 대한 기록자의 해석뿐만 아니라 기록자의 문제의식을 독자에게 설득하기 위한 근거 자료들이 다양하게 제시된다.『재난을 묻다』또한 유가족의 이야기를 중심에 두면서도 맥락이 왜곡되거나 축소되어 알려진 참사의 전말과 전후를 총체적으로 다루고자 했다.

이렇듯 기록 방식을 한정하지는 않았어도 우리는 어떤 사건이나 사회현상, 인권 이슈에 대한 르포르타주적 접근보다는, 그 안에 선 사람의 목소리를 전면에 드러내는 데 중점을 두고 기록을 해왔다.

구술 인터뷰를 기록할 때 가장 많이 쓰이는 방식은 대화를 그대로 살려서 쓰는 것 그리고 구술자의 일인칭 서술로 서사를 이어가는 방식이다. 재현의 방식이 다르다는 건 중점을 다른 데에 두었다는 뜻이다.

구술자-기록자의 대화 형식으로 구성하기

대화식 구성부터 살펴보자. 대화의 재현은 독자를 기록자와 구술자의 대화를 지켜보는 사람으로 불러 앉힌다. 독자는 기록자의 존재를 뚜렷이 인식하고서 글을 읽는다. 두 사람이 서로 어떤 방식으로 말을 걸고 응대하는지, 그 상호작용으로 대화가 어떻게 흘러가는지를 지켜본다. 구술자가 누구이고 어떤 삶을 살았는지만이 아니라, 구술자와 기록자의 관계성에 대해서도 독자에게 읽히기를 바라는 것이다.

그대로 살린다고 했지만 이때의 대화 역시 '재현된 대화'다. 대화의 어떤 부분은 삭제하고, 어떤 부분은 약화하고, 어떤 부분은 강조해서 재구성한 대화라는 의미다. 구술생애사 작가 최현숙의 『할배의 탄생』의 한 대목을 보면 대화식 구성의 의도를 쉽게 이해할 수 있다. 이 책은 구술자와 기록자의 대화를 드러내는 방식으로 쓰였다. 책에 실린 두 구술자 중 하나는 70세 남성 노인 김용술이다. 김용술이 자기가 살아온 시간에 관해 이야기하는 말들은 대체로 길게 이어진다. 이 글이 우선 드러내려는 것은 김용술의 생애사이기 때문이다. 그런데 김용술과 최현숙이 서로의 세계를 드러내고 부딪히는 과정은 대화가 잘게 쪼개진다.

김용술이 미군기지 근처에서 일하며 '양색시'와 겪은 일화들을 이야기하다 천대받는 '튀기'를 만든 '엄마'들을 비난하자, 최현숙은 반대 의견을 낸다. "혼혈아들이 받은 천대를 엄마 때문이라고 보는 시선은 단편적이에요"라고 하면서 국가가 기지촌을 관리해온 역사를 설명한다.[25] 김용술은 최현숙의 말을 수긍하는 듯하다가 성매매가 없으면 성범죄가 더 많을 거라는 반론으로 옮겨 간다. 이어서 '글씨도 모르고 품행이 엉망인 미군들'에 대한 부정적인 생각을 털어놓는다. 그러자 최현숙은 가난한 사람들이 기지촌에 모일 수밖에 없는 구조를 짚는다. 제주도 강정마을 미군기지 반대 투쟁에 관한 생각, 노인의 성에 관해 의견을 주고받는 부분에서도 기록자는 적극적으로 자신의 다름을 드러낸다. 김용술의 말로만 흐르는 긴 서사의 느린 호흡에 비하면 스타카토를 찍은 듯 도드라진 구성이다.

최현숙은 구술자가 이야기를 구체화하도록 질문하거나, 구술자의 기억에 사회적 맥락을 보충하는 정보를 더해주거나, 생각을 전환해보도록 다른 관점을 제시하거나, 반론을 제기하거나, 때로 구술자의 어떤 행위에 의미를 더해주고 격려해주는 질문들을 중요하게 수행하고 재현한다. 이렇듯 대화식 구성이라면 기록자는 한 세계를 이해하려고 귀 기울이면서도 그만큼이나 그와 어긋나는 부분에 대해 관심을 기울이고 있음이 잘 드러나야 한다.

구술자 일인칭 시점으로 서술하기

이번에는 구술자의 일인칭 서술 구성을 살펴보자. 대화를 드러낼 때와 비교한다면 구술자의 말로만 글을 재구성할 때

가장 큰 차이는 기록자가 독자의 시야각 바깥으로 벗어난다는 점이다(기록자는 실은 그곳에 있지만, 가만히 소리를 줄인다). 독자는 구술자 앞에 앉는다. 이렇게 하면 대화가 이루어진 맥락이 독자에게 직접 전달되지는 않는다.

그런데도 이러한 재현을 택하는 이유들이 있다. 첫째, '말할 권리'를 가지지 못했던 이들이 '말하는 사람'으로 독자 앞에 나타나기를 바라서다. 세상에서 가려졌거나 자기 목소리를 가지지 못한 존재로 드러나야 했던 사람들의 존재감을 부각하려는 시도다. 『역사를 만드는 이야기: 일본군 '위안부' 증언집 6』에서도 재구성의 이유를 비슷한 취지로 밝힌다. 면접자와 구술자의 목소리가 혼재될 경우 "경험과 재현의 주체로서의 구술자의 목소리가 희석될 가능성이 크다"고 보았다.[26] 우리는 이러한 재현을 통해 독자가 구술자의 얼굴을 응시하고 그의 말에 귀 기울이는 사람으로 마주하길 기대한다.

두 번째는 독자가 구술자의 이야기에 오롯이 집중하기를 바라서다. 우리가 천착한 구술기록은 어떤 특정한 사건의 면면을 밝히기 위해 사람의 증언을 청취하는 작업이 아니라, 사건 안에 선 사람을 그의 관점에서 이해해보는 작업이다. 우리는 '그의 이야기'에 귀 기울임으로써 그의 관점에 가까이 다가간다. 이야기는 인간이 자기 경험을 인식하고 해석하고 의미를 부여하고 타인에게 전하는 방식이기 때문이다.

인터뷰를 일인칭 서술로 재구성할 때는 구술자의 이야기가 갖는 의미와 정서가 잘 전달되도록 글을 서사화하는 데 중점을 둔다. 구술자의 이야기를 하나의 완결된 서사로 쓰려면 그저 경험과 의견을 나열하는 것으로 충분하지 않다. 무엇이 중요한 이야기인지 판단해야 하고, 이야기들 사이의 맥락을 구축해 주제 의식을 형성해야 한다. 독자가 이야기에 몰입할 수 있는 서사적 장치도 고민해야 한다.

그렇다면 구술자의 이야기 가운데서 무엇이 중요한지는 어떻게 판단할까? 생애사를 쓴다면 구술자의 삶에서 기억에 남는 일들을 중심으로 구성하겠지만, 생애사를 쓰는 것이 아니라면 기록의 기획 의도와 문제의식에 비추어 중요한 지점을 판단해야 한다.

가령 차별과 혐오에 대해 다룬 『나는 숨지 않는다』에서 내가 쓴 묘현의 이야기는 조현병 당사자의 관점에서 질병과 회복에 대해 사회 통념과는 다른 이야기를 쓰는 데 목적이 있었다. 글은 첫 발병에서부터 시작해 현재의 삶까지를 담았다. 발병에서 회복까지의 익숙한 서사를 따라가면서도 그 안의 구체적인 이야기에서 의미 있는 차이가 드러나도록 했다. 환청이나 망상 같은 증세를 자세히 묘사하는 대신 발병에 얽힌 사회적 맥락, 회복의 의미, 회복을 가능하게 하는 조건을 입체적으로 담아내는 데 초점을 맞췄다.

구술자의 이야기를 소중히 듣고 여러 번 곱씹다 보면 모든 이야기가 다 중요해 보인다. 그럴 때는 객관적 감각을 회복하기 위해 글을 잠시 묵혀두었다가 다시 펼친다. 공동 기록에서는 동료들에게 의견을 적극적으로 구해보는 것도 방법이다. 지금 쓰는 이야기가 기존의 사회적 서사가 가진 문제점을 인식하게 하고, 새로운 삶의 가능성을 넓히는 이야기인지 따져볼 필요도 있다.

재구성 과정에서 한 사람의 삶은 축약되고 단순화될 위험성이 있다. 인터뷰하는 과정에서 구술자의 삶에 대해 가능한 한 폭넓게 듣고 다양한 각도에서 충분히 검토하며 이야기를 추려내도록 하자. 이때 이야기의 돌출 지점을 매끄럽게 깎아내지 말아야 한다.

또 하나 눈여겨보아야 할 지점이 있다. 일인칭으로 자기가 경험한 일을 서술하는 자서전이나 회고록과 같은 글에서 글을 이끌어가는 '나'는 '등장 인물로서의 나'와 '화자로서의 나'로 구성된다. 이를 '경험자아'와 '서술자아'라고 지칭한다. 그런데 인터뷰를 일인칭으로 서사화할 때 '화자로서의 나'에는 구술자뿐만 아니라 기록자의 시각이 겹쳐 있다. 기록자는 이 점을 의식하며 글을 써야 하고, 이러한 기록자의 위치성을 독자에게도 뚜렷이 전달할 필요가 있다. 구술자와 기록자의 관계성, 기록자의 견해 드러내기에 대해서는 뒤에서 다시 이야기하겠다.

여러 사람 이야기를 한 권에 담을 때

우리의 기록은 '사람'에게 초점을 맞췄다. 추상적인 사회문제가 한 사람의 삶에서 구체적으로 어떻게 드러나는지, 한 사람은 자기를 둘러싼 세계를 어떻게 인식하고 어떤 실천을 만들어가는지, 사람 사이의 차이와 관계는 어떻게 형성되는지, 우리가 사회적 존재로 살아간다는 것은 무엇인지 알고자 사람들의 말에 귀 기울였다.

우리는 한 사람의 말을 한 편의 이야기로 구성했다. 그리고 그 이야기들을 나란히 담아 한 권의 기록을 만들었다. 물론 늘 이러한 구성만 택하지는 않았다. 사건의 흐름 속에 사람들의 이야기를 배치하기도 했고 문제의식을 중심으로 구술을 모자이크하기도 했다. 이러한 구성은 기록의 목적과 성격, 그에 따른 주안점의 차이에 따른 것이다. 그러나 때로는 특별한 맥락 안에서 선택되기도 한다. 사람과 세계에 대해 알려주는 이야기를 쓰는 여러 방식에 대해 우리가 시도한 사례를 중심으로 이야기해보려고 한다.

한 사람 한 사람을 주목하기

정혜윤의『그의 슬픔과 기쁨』은 쌍용자동차 해고노동자 26명의 이야기를 하나의 서사 안에 배치했다. 인터뷰에 참여한 이들은 쌍용자동차가 정리해고안을 발표한 2009년부터 약 5년의 세월 동안 거리에서 싸워온 이들이다. 그 시간 동안 각 사람이 밟아온 삶의 궤적과 서로의 역동을 정혜윤은 하나의 서사 안에 솜씨 좋게 엮어낸다. 그러나 한 사건에 관련된 사람들의 이야기라고 해도 하나의 서사 안에 통합해 이야기를 쓰기 어려운 상황이 있다. 가령『밀양을 살다』같이 긴급히 기록이 이루어져야 할 때가 그렇다. 물리적 조건이 기록의 구성에도 영향을 미친다. 공식 기록이 많지 않고 피해가 오랜 시간에 걸쳐 일어난 과거의 사건도 구술자들의 이야기를 하나의 서사로 엮어 쓰기 쉽지 않다. 경험의 시기가 특정되기 어렵거나 구술자 간에 이야기가 서로 충돌하기도 한다. 그러나 이러한 한계가 우리가 '구술기록집'의 형태를 취한 유일하고 근본적인 이유는 아니다.

구술기록집은 사람들의 이야기를 엮어서 무엇을 보여주려 하기보다 한 사람 한 사람의 완결된 이야기를 쓰는 데 기록의 초점을 맞춘다. 기획 파트에서 언급한 『금요일엔 돌아오렴』 사례를 다시 떠올려보자. 이 기록은 아이를 잃은 열세 부모의 이야기를 열세 편의 글로 엮었다. 하나의 사건을 겪는 13명의 이야기가 아니라, 13개의 사건, 13개의 삶을 보여주기 위해서다. 사건의 서사 아래 숫자로만 존재해온 사람을 전면화하고, 사건 전의 삶과 사건 후의 삶을 연결해 파악한다. 이렇게 같은 무게감을 가지고 나란히 배치된 이야기들은 집단적 정체성 안에 무수한 차이가 있음을 깨닫게 해준다. 삶의 고유성과 다층성을 드러내는 이야기들은 사회적 소수자를 향한 타자화에 저항하는 힘이 된다.

'이야기들'을 보여주는 구성을 계획했다면 기획과 인터뷰 단계에서부터 글마다 가진 차이를 어떻게 만들어낼지를 고려해 구술자를 선정한다. 깊이 있는 이야기가 되려면 구술자 수가 너무 많아지지 않도록 한다. '많은 사람'의 이야기가 아니라 '다양한 시점'이 중요하다. 서로 다른 사회적 위치를 잘 드러낼 수 있게 구술자를 구성해야 하지만, 더 중요한 것은 의미 있는 이야기를 해줄 수 있는 사람을 찾는 일이다. 인터뷰 파트에서도 언급했듯이 삶에 대한 해석력과 표현력을 가진 구술자를 만날수록 기록은 더 풍부해진다. 구술자를 선정할 때 기록 대상의 다양한 맥락을 드러낼 수 있는 일종의 분석틀을 만들어야 한다. 사례 하나를 구체적으로 살펴보자.

『나, 조선소 노동자』는 삼성중공업 크레인 전도 사고 피해자인 노동자 9명의 이야기가 담겼다. 이 기록은 그간 '산업재해의 피해자'로 인정되지 않았던, 육체적 부상이 없는 '생존자'의 관점을 제시한다. 끔찍한 사고를 목격한 것 자체가 트라우마이나, 그 피해가 사회적으로 인정되지 않고 오로지 개인의 책임에만 맡겨진 현실에 문제를 제기한다.

조선소 안의 노동 현실과 피해자들의 다양한 상황을 잘 드러내기 위해서 기록팀은 ① 나이, 성별, 가족 관계 등 인구사회학적 특성 ② 조선소 이전의 노동 경험 ③ 조선소에 오게 된 경로 ④ 조선소 안에서 맡은 역할과 사회적 위치 ⑤ 사고 후 삶의 변화 등을 고려해 구술자를 선정했다. 이 사고는 조선소라는 특수한 공간에서 일어난 사고이므로 조선소라는 공간과 그 안에서 이루어지는 노동을 이해해야 한다. 조선소 안에서의 구술자의 위치를 함께 파악할 필요가 있다. 또 사고 전후 삶의 변화를 통해 이 사고가 한 사람의 삶에 미친 영향을 세밀히 볼 수 있어야 한다.

내가 기록한 피해자는 구술자 9명 중 유일하게 유가족의 위치에 있는 사람이었다. 그의 트라우마에는 사랑하는 형제의 죽음을 목격한 고통, 그를 잃었다는 상실의 고통이 겹쳐 있었다. 사고 후의 이야기에서도 유가족으로서 삼성과 합의에 나서서 겪어야 했던 부당한 일, 진실을 알리려 언론 앞에 자주 나섰던 경험이 중심 사건으로 자리 잡게 되었다. 이야기는 동생의 죽음으로 시작해 합의 과정, 트라우마 이후의 삶으로 이어지고 성장 과정과 동생과의 추억, 상실로 부서진 가족의 삶, 동생에 대한 그리움과 죽음을 안타까워하는 말로 맺어진다. 구술자에게 가장 핵심 사건인 동생의 죽음을 축으로 이야기가 열리고 닫히는 것이다.

구술자 중 또 한 사람은 20대 싱글 남성이다. 그의 이야기는 현재의 고통에서 시작한다. 조선소는 다단계의 하청 구조를 가졌고 이 사고 피해자들은 가장 말단의 하청 노동자들이었다. "개잡부"로 일을 시작한 청년은 돈을 좀 더 많이 벌 목적으로 함께 일하던 도장(페인트)공들을 부추겨 일터를 옮긴다. 그의 팀장이 돈을 버는 방식을 따라 해본 것이다. 그랬다가 사고를 만났다. 함께 일하던 도장공들까지 졸지에 사고 피해자가 됐고 일을 잃었다. 사고가 그의 잘못이 아님에도 그는 스스로 가해자라고 느꼈다. 그의 트라우마에는 사고 당시의 끔찍함이 준 충격과 함께 죄책감이 겹쳐 있다.

그의 이야기는 약을 먹어 나른한 상태에서 털어놓는 고통의 말들로 시작해 조선소 안에서의 생활, 사고 이후의 삶에서 겪은 어려움으로 이어진다. 그리고 세계관을 형성하는 데 영향을 준 성장 과정의 사건들을 거쳐서 화자가 가진 '취향의 세계'를 드러낸다. 헤르만 헤세와 신경숙과 인문학 토론 모임을 거친 이야기는 배낭여행을 다녀온 피렌체의 두오모 성당에서 본 노을의 기억으로 마무리된다. 주황빛으로 물든 고대 도시에 반해 원래 이틀만 있으려던 곳에 일주일을 머문 기억을 소환하며 구술자는 그리움을 표현한다. '나다움'을 찾아가는 청년의 시간, 아름다움에 취한 부질없는 시간을 붙잡는 힘을 잃은 한 사람이 모습을 드러낸다. 피해란 피해를 겪은 사람의 수만큼 다양한 무늬를 그린다.

또 다른 구술자는 '물량팀장'이라는 특징적인 위치에 놓여 있었다. 정해진 기간에 작업을 끝내기 위해 긴급 투입되는 가장 말단의 하청 노동자들을 물량팀이라고 하는데 그는 이들을 관리하며 함께 일하는 사람이다. 글 제목처럼 "말로만 사장이지 노동자"라서 사고 이후 산재 인정을 받기 위해 먼저 노동자로 인정 받기까지 긴 투쟁을 해야 했다. 그의 이야기는 이 위치성이 핵심 주제가 되었다. 다른 구술자의 이야기와는 다르게 PTSD나 상실로 인한 고통보다는 그가 노동자임을, 그래서 그가 겪은 고통이 산재임을 인정 받기까지 그가 겪은 부당함을 토로하는 이야기가 주요 뼈대를 이룬다. 그의 이야기에서 고통의 말은 크게 드러나지 않는다. 그러나 그것이 그의 고통이 크지 않기 때문이라고는 할 수 없다. 그는 삼성중공업 사장이 죽은 노동자들을 가리켜 '쉬는 시간도 아닌데 담배 피우려고 나왔다가 죽었다'고 매도한 사실을 언급하며 이렇게 말한다. "얼마나 화가 났으면 30년 피운 담배를 끊었겠어요?" 또 사고 당시에 대해 물었을 때 그의 첫 대답은 이것이었다. "사고 이야기는 정말 하고 싶지 않다." 이것이 그의 고통이 표현되는 방식이다.

여러 사람 이야기를 담은 구술기록에서 글과 글의 차이, 구술자와 구술자의 차이를 잘 살리는 것은 현실을 입체적으로 담아낸다는 점에서도 중요하지만 가독성의 측면에서도 중요하다. 어느 한쪽으로 쏠리지 않도록 주목을 고르게 배분하는 일은 어렵게 자기 이야기를 해준 사람들을 위해 기록자가 당연히 느껴야 할 책임감이다. 그리고 독자의 시선에서 글들이 비슷한 느낌을 주거나 반복되는 패턴으로 전개될 때 책장을 넘기는 힘이 떨어진다. 그렇다고 극적인 전개에 집중하라는 뜻은 아니다. 사람들은 고유하므로 이야기를 충분히 들으면 모든 이야기는 고유해지니, 그 고유함이 글에서 더 잘 드러나 읽히도록 써야 한다는 뜻이다.

물론 기록의 관점에서 더 의미 있는 이야기는 있다. 이야기 사이의 차이를 조율한다는 것은 각각의 이야기가 가진 연결성을 훼손하지 않으면서 어떤 부분을 도드라지게 하는 작업이다. 이때 유의할 점은 어떤 틀을 머릿속에 가지고 그 틀에 맞춰 이야기를 떠내는 것이 아니어야 한다는 점이다. 나의 생각보다 그의 현실이 먼저 말하도록 글을 써야 한다.

구술 모자이크로 의미 구성하기

2015년 노벨문학상을 받은 벨라루스의 작가 스베틀라나 알렉시예비치는 수많은 사람들의 인터뷰를 바탕으로 한 '목소리 소설(novels of voices)'로 주목받았다. 우리나라에서 특히 주목받은 『체르노빌의 목소리: 미래의 연대기』는 10년에 걸쳐 체르노빌 원전 사고 피해자 100여 명을 인터뷰했고, 『전쟁은 여자의 얼굴을 하지 않았다』는 제2차 세계대전 중 독일과 소비에트연

합이 치른 전쟁에 참전한 여성 200여 명을 인터뷰했다.

알렉시예비치는 이렇게 모은 수많은 사람의 목소리들을 모자이크한다. 각각의 이야기는 개별성을 가지며 하나의 서사 안에 배치되지 않는다. 그렇다고 구술기록집처럼 한 사람 한 사람의 고유한 얼굴과 생애사에 주목하지도 않는다. 알렉시예비치의 관심은 체르노빌의 참상과 전쟁이라는 각각의 기록 주제와 관련된 현실의 다면성과 복잡성 담아내는 데 모인다. 문학이 인간을 바꾸지는 못하지만 "인간의 영혼을 한데 모을 수 있다"는 말처럼, 그는 구술자들의 이야기에서 인간이란 존재를 이해하게 해주는 말들을 건져 올렸다. 이 말들을 작가의 논평을 크게 덧붙이지 않고 제시한다. 물론 구술의 선택과 배열 방식에 작가의 의도가 녹아 있다.

『그날이 우리의 창을 두드렸다』도 이러한 구술 모자이크에 가까운 기록이다. 한 사람의 서사가 가진 고유성보다는 피해자들이 함께 일구는 '416가족'이라는 집단의 서사에 주목한 기록이라 할 수 있다. 이 기록은 아주 막연한 질문으로 시작했다.

세월호 침몰 참사 4주기가 지나고 그해 여름 무렵부터 인터뷰가 시작됐다. 부정부패에 연루된 총장을 끌어내린 이화여대의 시위가 박근혜, 최순실 게이트로 연결되고 촛불집회가 들불처럼 일어나면서 세월호 투쟁 국면에도 급격한 변화가 이루어졌다. 박근혜 대통령이 탄핵되고 세월호가 인양되고 민주당으로 정권이 바뀌면서, 세월호 참사 진상 규명에 대한 기대감도 올라갔다. 곧 해결될 것이라는 낙관이 퍼지면서 유가족들의 투쟁은 오히려 조심스러워졌다. 이상한 긴장과 우려가 교차하는 모호한 시기의 정체를 밝히고 싶었다.

그러나 기록할 때라는 '감'은 있지만 그것이 구체적 문제의식으로 언어화되지는 못했기에 인터뷰의 질문도 구체화되지 못했다. 다만 이 투쟁의 시간이 유가족들의 삶에 어떠한 의미인지 기록하자는 목적이 있었다. 기록자들은 크고 추상적인 질문 몇 가지를 인터뷰 전에 먼저 전하고 구술자를 만났다.

1. 참사 이후 개인적 타임라인을 그려본다면?(세월호 투쟁의 공식적 사건들을 제외하고 내 삶에서 변곡점이 된 사건들)
2. 지난 5년의 삶에서 변한 것과 변하지 않은 것은 무엇인가요?
3. 세월호 참사 투쟁의 사건들을 중심으로 한 시간 속에서 유가족으로 느낀 고민, 생각, 하고 싶은 말이 있다면 무엇인가요?
4. 내가 앞으로 만나고 싶은 시간은?

그렇게 모두 57명의 심층 인터뷰를 진행했다. 인터뷰가 완료되고 집필 마감까지 두 달 정도의 시간만 주어졌다. 기록자 5명이 57개의 녹취록을 모두 읽기에는 시간이 촉박했으므로 보통 때와는 다른 방법을 시도해야 했다. 조를 짜서 모든 녹취록을 최소한 기록자 2명의 시선으로 읽어볼 수 있게 배치했다. 57명의 녹취록에서 중요한 장면들을 먼저 추출해 비슷한 이야기들끼리 묶었다. 어떤 공통점, 의미 있는 분석점들이 보이기 시작했다. 이를 바탕으로 고통, 장소, 관계, 가족이라는 키워드를 뽑았다.

　　고통은 두 가지 이야기 주제로 나뉘었다. 시간이 흘러도 여전한 고통 그리고 일상에 들러붙은 고통이다. 장소는 피해자들의 말 속에서 주요하고 반복적으로 언급되는 중요한 곳들을 의미한다. 그 장소들에 우리는 '세월호의 지도'라는 이름을 붙였다. 피해자들의 말 속에서 그곳은 투쟁의 장이자 매일같이 새로운 폭력을 당하는 참사의 현장임을 알 수 있었다. 관계는 단절과 재구성으로 나뉘었다. 참사 이후 피해자들은 자신이 맺어온 사회적 관계들이 단절됨을 경험했다. 단절이 고립이 아니라 관계의 재구성이 될 수 있었던 것은 이들이 투쟁의 장, 사회적 애도의 장에서 자신을 이해해주는 사람, 함께 싸우는 사람들과 연결되었기 때문이다. 이 재구성은 세상을 보는 인식의 재구성으로도 이어졌다. 마지막으로 가족 역시 재구성과 확장이라는 주제로 나뉜다. 혈연 중심의 가족은 예측하지 못한 참사로 대대적인 지각변동을 겪는다. 관계의 단절과 재구성을 경험하며 인식의 재구성이 이루어진 피해자들은 가족을 사유하는 인식도 확장한다. 피해자들은 참사 이후 새롭게 만나게 된 투쟁의 공동체에 '416가족'이라는 말을 스스로 붙였다.

이야기의 주제가 구성되고 나서 그 주제를 잘 드러내는 구술들을 골라 글을 구성했다. 각 장마다 여러 사람의 짧은 구술이 이어지는 구성인데, 장의 특성에 따라 구술끼리의 연결성이 강하기도 느슨하기도 하다. 3장 '416가족의 탄생'은 '416가족'이 무엇이고 어떠한 맥락에서 이들의 관계망과 실천이 형성되었는지 보여주는 장이다. '416가족'의 서사가 뚜렷이 다가오도록 처음부터 끝까지 이어지는 흐름이 읽히도록 구술이 배치됐다. 반면에 1장 '고통의 단어사전'은 구술 사이의 연결성이 뚜렷하지 않다. 일상에 들러붙은 상실의 고통을 보여주는 장면에 한 단어로 된 제목을 붙이고 가나다 순으로 늘어놓았을 뿐이다. 피해자들의 서로 같고도 다른 슬픔은 하나의 이야기로 설명될 수 없기 때문이다.

한편 이 기록은 『금요일엔 돌아오렴』, 『다시 봄이 올 거예요』와 같이 피해자 개인의 목소리에 주목하는 세월호 참사 기록의 연장선에서 의미를 살펴보아야 한다. 세월호 참사 이전 한국 사회에서 재난 서사는 사건 중심이었다. 그나마도 제대로 된 기록을 찾아보기 힘들다. 『재난을 묻다』 같은 재난 서사 다시 쓰기가 필요했던 이유다. 세월호 참사 이후 시민사회가 재난을 인권의 관점에서 사유하면서 고유하고 존엄한 피해자 개개인을 주목하게 되었다. 5년이 흐르면서 세월호 참사 피해자들의 이야기를 담은 기록의 성격이 변화한 것은 피해자들이 중심이 된 진상 규명 운동의 성장 때문이다. 이 투쟁의 의미가 무엇인지, 그 안의 개인들이 어떤 지형도를 그렸는지를 보여주는 목소리들의 모자이크가 필요하다고 본 것이다. 이렇게 기록의 방식은 지금 어떤 것을 전경화해야 하는가에 대한 끊임없는 고민 속에서 선택된다.

　　장애인들의 탈시설-자립생활 운동에 대한 기록에서도 비슷한 전개를 발견할 수 있다. 나는 현재 '향유의집'이라는 장애인 거주 시설의 해체 과정을 기록하는 데 함께 하고 있다. 향유의집의 전신인 석암 베데스다 요양원은 탈시설-자립생활 운동사에서 중요한 이름이다. 2007년 거주인들과 직원들이 석암재단의 비리와 인권 침해를 세상에 드러냈다. 이 투쟁은 그저 '시설 정상화'에 머물지 않았다. 2009년 6월, 장애인 8명이 요양원을 뛰쳐나와 '집'과 '자유'를 외치며 서울 마로니에공원에서 농성 투쟁을 시작했다. 좋은 시설, 나쁜 시설이 있는 게 아니라 시설 자체가 인권 침해임을 천명한 것이다.

이는 탈시설-자립생활 운동의 본격화를 알리는 서곡이었다. 삶을 건 투쟁은 일어날 것 같지 않았던 일을 일어나게 만들었다. 서울시가 장애인 주거 전환을 지원하는 시스템을 마련하기 시작했다. 시민사회의 끈질긴 노력으로 석암재단은 '프리웰'로 다시 태어났다. 그리고 스스로 사라지기로 결의한다. 프리웰 산하의 '향유의집'은 2021년 4월, 모든 거주인이 탈시설해 자진 폐쇄한 최초의 시설로 이름을 남겼다.

중증장애인은 시설에서 사는 게 당연하다는 인식이 만연한 한국 사회에서 탈시설에 대한 기록은 당사자의 목소리를 가시화하는 것으로 시작됐다. 석암재단 정상화 투쟁이 한창이었던 2008년, 시설에 거주하던 장애인들의 목소리로 탈시설의 필요성을 외치는 증언대회가 열렸다. 이후 본격적인 탈시설이 하나둘 시작되면서 자립생활에 나선 장애인들의 구술기록집 『나를 위한다고 말하지 마』, 『나, 함께 산다』가 발간됐다. 모두 탈시설운동의 중심에 선 장애인권단체 '장애와인권발바닥행동'이 기획했다. 두 권의 구술기록집은 시설 안의 장애인을 '사람'으로 보지 않는 사회적 시선에 맞서 '고유한 세계'들을 드러냈다.

탈시설 운동이 점차 확산하고 탈시설 장애인들의 목소리가 두껍게 쌓이면서 기록의 서사도 바뀐다. 시설은 비리와 인권 침해가 발각되어야만 간신히 문을 닫을 수 있는 곳이었다. 비리도 인권 침해도 없는 시설을 없앤다는 걸 '보통'의 사람들은 이해하지 못했다. 이제 '시설'을 본격적으로 파고들 시간이었다. 기록팀은 시설이란 무엇인지, 향유의집 자진폐쇄를 가능하게 한 힘이 어떻게 형성되었는지, 구체적인 시설 폐쇄의 과정과 폐쇄 이후의 과제는 무엇인지를 폐쇄 과정에 관계된 다양한 사람들의 목소리로 드러내기로 했다. 비리 법인에 맞서 싸운 장애인들과 직원들뿐만 아니라 탈시설에 반대했던 장애인들과 보호자들, 법인 폐쇄에 관계한 공익 이사진과 시설장 등 이 기록의 지형도를 그릴 때 꼭 포함되어야 하는 인물 20명가량을 인터뷰했다.

시설이 무엇인가, 왜 탈시설이 필요한가라는 질문에 대한 르포르타주적 접근을 시도했지만, 문제의식이 전개되는 흐름에 맞춰 각 사람의 구술을 조각내 재배치하는 방식으로 구성하지는 않기로 했다. 구술기록집처럼 한 사람 한 사람마다 서사가 충분히 드러나도록 완결된 이야기를 구성하면서, 그것을 좀 더 짜임새 있게 나열하는 방식으로 가기로 했다. 시설 문제와 시설폐쇄운동의 복잡한 역사를 최대한 쉽게 읽어낼 수 있게 하면서, 그 운동 안에 선 사람의 고유한 얼굴과 한 사람 안에서 일어난 변화를 느낄 수 있도록 구성 방식을 고민한 결과다.

이렇게 사건의 시간에 따라 다양한 주체들의 이야기가 등장하는 기록을 구성할 때 다음과 같은 점들을 논의해야 한다. 사건의 주요 시기를 어떻게 구분할 것인가. 전환은 어떻게 형성되었으며, 그 의미는 무엇인가. 각 시기를 어떻게 평가할 것인가. 구술자들과 기록자들의 해석이 엇갈리는 지점에 어떻게 접근할 것인가. 각 시기별 중심 화자들은 누구인가. 화자들의 위치성과 화자들 사이의 관계는 무엇인가. 화자별 핵심 이야기는 무엇인가. 이때 연표와 글의 개요를 구성해보는 것이 도움이 된다.

여러 사람의 말을 기록할 때 구술자의 언어와 삶의 맥락을 파악하고 어떻게 서사화할지 선택하는 모든 과정에 기록자가 개입한다. 그러므로 구술을 글로 쓴다는 건, 이 편집자이자 화자로서 기록자를 어떻게, 어느 정도로 드러낼지 결정하는 일이다. 기록자를 드러낸다는 것은 무엇이며 거기에 어떤 고민이 필요한지 살펴보자.

기록자의 견해를 어떻게 드러낼 것인가

우리는 읽히는 기록이 되기를 바라면서 기록한다. 읽히는 기록이라는 말은 널리 읽히기를 바라는 기록이라는 뜻이자 읽힐 가치가 있는 기록을 추구한다는 뜻이다. 인터뷰를 통한 기록이라고 하면 간혹 긴 대화 전체를 그대로 드러내는 것만이 사실 그대로의 기록인 양 여기는 의견을 접하기도 한다. 그런 기록은 아카이빙으로서 가치는 있겠지만 읽히는 기록으로서 힘을 갖추지 못할 가능성이 크다. 우선 긴 기록을 책으로 펴내기도 어렵고 펴낸다고 해도 읽을 사람들은 아주 제한적일 테다. 무엇보다 인터뷰를 그냥 풀어놓은 글은 대화 속에 담긴 여러 사건이 유기적 연관성을 구축하지 못한 채로 있을 가능성이 크다. 가치 있는 기록은 정보의 나열이 아니라 정보를 해석하고,

의미를 찾고, 어떤 의도를 가지고 재구성할 때 만들어진다.

당연하게도 재구성이 곧 왜곡은 아니다. 그러나 이 문제를 말하는 건 늘 조심스럽다. 편집권을 왜곡의 기술이나 권한처럼 휘두르는 이들이 있기 때문이다. 그러한 이들일수록 '의도 없는 글쓰기'를 가장하는 경향이 있다. 세상에는 '정치'와는 무관하며 어디에도 편향되지 않은 '중립점'이 있다고 확언한다. 삶의 진실을 보여주는 글을 다수 남긴 작가 조지 오웰은 이런 말을 했다. "어떤 책이든 정치적 편향으로부터 진정으로 자유로울 수 없다. 예술은 정치와 무관해야 한다는 의견 자체가 정치적 태도인 것이다." 예술에 기록이라는 말을 넣었을 때도 마찬가지다. 그러니 쓰는 사람이라면 이 글을 왜 쓰는지 명확히 인식하고 자기의 위치와 지향을 어떻게 잘 드러낼지 고민해야 한다.

기록자가 이야기에 개입하는 이유

구술자의 말을 재구성해 이야기로 만들 때도 기록자의 존재를 드러내는 일은 중요해진다. 이 서사에는 기록자의 관점이 겹쳐 있기 때문이다. 기록자는 구술자의 이야기를 이해하고 해석한다. 의도를 가지고 구술을 선택하고 배치한다. 여기에서 그치지 않고 기록자의 말을 더하기도 한다. 기록자의 말에 담기는 내용은 크게 세 가지로 나눠볼 수 있다.

첫째, 두 사람의 관계성과 만남의 의미를 이해할 수 있는 정보다. 만남이 시작된 배경, 기록 과정에서 일어난 특별한 일, 구술자와 기록자의 변화, 인터뷰 후일담 같은 것들이 여기 해당한다. 이 기록이 대화하는 두 사람 사이에서 형성된 '앎'에 대해 말하는 것이라면 기록의 과정과 기록자의 변화를 드러내는 것은 그 지식이 형성된 역사를 밝히는 일이기도 하다.

둘째, 독자가 구술자의 이야기를 입체적으로 읽어내는 디딤돌이 되는 말들이다. 독자들이 구술자의 삶의 맥락을 파악하게 해줄 여러 정보 중 기록의 문제의식이나 주제와 관련해 중요하게 언급해야 할 내용을 담는다. 가령 『나는 숨지 않는다』에서 북한이탈주민 여성의 이야기를 쓸 때 나는 그의 이야기가 우리 사회에 이미 존재하는 탈북자에 대한 사회적 서사 안에서 독해되지 않도록 두 가지 방향의 정보를 제시했다. 하나는 한국 사회가 탈북자를 바라보는 시선과 사회적 대우가 어떻게 달라졌는가, 또 하나는 탈북의 이유와 주체가 시대에 따라 어떻게 변화해왔는가였다.

셋째, 기록자의 사유다. 첫째와 둘째를 아우르며 이 기록에서만 읽어낼 수 있는 중요한 의미를 포착한다. 이때 중요한 것은 기록자의 성찰이다. 구술자의 삶을 분석 대상으로 놓고 의미를 읽어내는 것에 머물지 않고 기록자의 시각에 대해서도 거리를 두고 들여다본다.

형제복지원 피해생존자들의 이야기 『숫자가 된 사람들』을 기록할 때의 일이다. 내 구술자는 형제복지원이 있던 동네에 살고 있었다. 지금은 고층 아파트 단지가 들어섰지만 무시무시한 시절 탈출로였던 산은 그대로였다. 그는 때때로 둘레를 산책했다. 어느 날 그의 산책길을 따라나섰다. '피해자'라면 자신에게 고통을 준 곳을 피할 것이라는 통념이 있다. 나 또한 그런 통념에서 자유롭지 않았다. 굳이 왜 이곳에 집을 마련했는지 물었다. 뻔한 질문에 뻔하지 않은 답이 돌아왔다.

"나는 주례를 지켜야 합니다."

주례는 그 동네 이름이었다. 나는 이어갈 말을 떠올리지 못한 채 잠시 머뭇거렸다. 무엇을 지킨다는 것일까. 얼마 뒤 자신을 잔혹하게 학대한 곳을 그가 '고향'이라고 발음했다. 나는 얼굴을 감싸쥐고 싶었다. 최초의 기억은 물론이고 인생 대부분의 기억이 시설인 사람의 삶을 나는 상상하지 못했다. 그가 그곳을 '집'으로, 함께 했던 사람들을 '가족'으로 말했을 때에야 그 폭력의 실체가 어렴풋이 이해되기 시작했다. 시설은 탈출해야 하는 곳이었지만 때로는 돌아갈 수밖에 없는 곳이기도 했다. 사회는 늘 그 같은 사람을 쫓아내기에 바빴다. 가해자는 지독한 폭군이면서 동시에 나에게 이름을 붙여주고, 나를 기억해주고, 내가 아버지라 부르는 사람이었다. 이 관계의 복잡성을 접하고서야 내가 알게 된 것이 전부일 수 없다는 당연한 사실을 깨달았다. 긴 만남의 끝에서야 간신히.

기록활동의 동료 홍은전은 동물해방과 장애해방에 대한 수나우라 테일러의 명저 『짐을 끄는 짐승들』을 추천하는 글에서 이런 말을 썼다.

세계의 확장은 내가 아는 만큼이 아니라 내가 알 수 없는 세계가 있음을 인정하고 존중할 때 가장 혁명적으로 이루어진다.[27]

성찰은 우리의 한계를 깨닫고 직시하는 힘이다. 그러나 우리는 우리의 한계에 대해 잘 주목하지 않는다. 기록자의 사유와 언어를 어느 정도 드러낼 것인가는 기록마다 달라진다. 기록이 놓인 다양한 조건, 기록의 주안점 등이 달라지기 때문이다.

구술자의 이야기를 덮어버리지 않으려면

『밀양을 살다』나 『금요일엔 돌아오렴』은 구술 앞뒤에 붙이는 기록자의 말을 최소화했다. 구술을 충분히 담아내는 데 초점을 맞추었다. 책은 일정한 물적 한계 안에서 이야기를 담아내야 한다. 『밀양을 살다』는 밀양 송전탑 문제에 대한 사회적 관심이 부족한 상황에서 관심을 확산하려는 목적이 있는 글이니만큼 투쟁의 시작과 전개를 개괄하고 중요한 의미를 짚어줄 글을 책 끝에 더했다. 『금요일엔 돌아오렴』은 세월호 참사에 대해 사회의 관심이 집중된 상황에서 이루어진 기록이었으므로 사건 전체를 개괄하기보다는 유가족의 목소리를 어떻게 기록하게 됐는지 밝히는 글로 기록을 시작한다. 두 기록과 달리 『나는 숨지 않는다』는 한 사건을 겪은 사람들 이야기가 아니라 여러 갈래의 소수자들 이야기를 담았다. 구술자별로 중심 정체성도 중점적으로 말하려는 사회문제도 달랐다. 이 책은 각각의 이야기마다 기록자의 말을 충분히 담았다.

자칫 이런 말들이 구술자의 이야기를 후경화하는 힘이 되지 않도록 고민할 필요가 있다. 사회적 소수자를 수동적이고 자기 언어를 갖지 못한 존재로 읽어버리는 사회적 인식의 틀이 견고한 상황이기 때문이다.

『다시 봄이 올 거예요』를 만들면서는 청소년을 '말하는 자'로 자리매김하려면 어떤 방식으로 재현해야 하는지 고민한 결과, 구술자들의 이야기에 기록자의 말을 따로 덧붙이지 않았다. 그러면서도 우리 사회가 청소년들의 이야기에 제대로 조응할 방법을 일러주는 일종의 '가이드'가 필요하다고 판단했고, 구술자들의 모든 이야기가 끝나고 난 뒤에 이를 넣었다.

물론 우리가 택한 이러한 구성 방식은 당연히 정답도 아니고 유일한 답도 아니다. 어떻게 하면 구술자가 기록당하는 이로만 읽는 이의 뇌리에 남지 않도록 할 것인가는 기록자가 늘 안고 가는 숙제다. 모든 판단은 늘 맥락을 고려해야만 한다. 그러니 이 기록을 중심에 둔 다양한 관계성을 성찰하면서 우리가 함께 '주체'로 만날 수 있는 다양한 시도들을 꾸준히 해나가는 수밖에는 없다.

다른 시점의 가능성을 생각하기

기록으로 전하려는 바를 최종적으로 매듭짓기 위해 또 하나 중요하게 거쳐야 할 과정이 있다. 바로 다른 시점과 반론을 생각해보는 일이다. 구술기록은 구술자와 기록자가 대화를 통해 태어나는 글이지만, 글에 대한 최종 책임은 기록자의 몫이다. 그러므로 기록자는 구술자의 말이 사회에서 어떤 반향을 얻게 될지 여러모로 고민하고 예측해야 한다.

기록은 누군가의 목소리가 더 크게 들리도록 함께 외치는 일이기도 하고, 사회의 견고한 인식을 두드려 부수는 일이기도 하다. 그러려면 구술자의 삶을 깊이 이해하는 것만으로는 부족하다. 그 이해를 설득력 있는 글로 구성해내야 한다. 인권기록은 인권의 문제를 한 사람의 삶을 통해 바라본다. 그 문제를 이해하기 위한 기초 개념과 인식 틀을 살펴본다. 그리고 문제를 진단하는 관점과 대안을 말하는 관점들 사이의 차이에 대해 알아야 한다. 여러 행위 주체들 사이에 다양한 입장이 있다. 이해관계와 가치관이 충돌하고 섞인 복잡한 지형도 속에서 구술자의 말이 놓인 위치를 알 필요가 있다. 당연하게 여겨지는 논의의 토대부터 허물어 질문해야 한다. 기존의 논의 구도를 강화하는 방식이 아니라 뒤흔들 수 있는 질문들을 상상해본다. 관련 논의들을 검토하고 다양한 측면에서 생각해보면서 내가 동의할 수 있는 논리와 결론을 채워본다.

인간의 존엄이 무엇인지를 이해하고 보장해가는 여정으로서 인권기록은 인간의 이야기를 납작하게 만들려는 힘에 맞서 두터운 이야기를 써나가는 것이다. 무엇이 옳은가, 무엇이들을 만한 이야기인가를 규정하는 말부터 새롭게 쓰지 않으면 어떤 이야기는 들리지 않는다. 그러니 기록은 사회가 요구하는 모범답안의 기준을 흔들고 다시 쓰는 일이어야 한다.

여성학 연구자 정희진은 '쉬운 글'이 대체로 '익숙한 글'임을 지적한다. "익숙한 논리와 상투적 표현으로 쓰여 아무 노동(생각) 없이 읽을 수 있"기에 쉽게 느껴진다는 것이다. 다시 말하면 "쉬운 글은 내용이 쉬워서가 아니라 이데올로기여서 쉬운 것"이다. 반면에 사회적 약자의 언어는 낯설게 들릴 수밖에 없다고 말하면서 정희진은 이런 말을 예로 든다. "폭력으로 가정이 깨져서 문제가 아니라 웬만한 폭력으로도 가정이 안 깨지는 게 더 큰 문제가 아닐까요?" 이 말의 뜻을 쉽게 이해하지 못한다면 그것은 이 질문이 "기존의 사고방식과 다르기 때문"이다.[28]

그러므로 우리는 익숙한 말을 경계해야 한다. 늘 듣던 말을 내가 반복하고 있을 때 멈추어 서보자. 설명할 말이 없음을 발견할 때, 그때가 써야 할 때다.

말을 어디까지 고칠 수 있을까

무엇이 좋은 기록인가. 아주 다양한 견해가 있을 것이다. 자기 이야기를 들려준 구술자들에게 물어본다면 이렇게 답하지 않을까 싶다.

"내가 한 말 그대로 써주세요."

그 사람이 한 말 '그대로' 쓴다는 건 무엇일까. 말하는 사람은 내가 말한 문장들이 '전부 그대로' 전달되기를 바란다. 말한 이의 관점에선 어느 것 하나 '불필요한' 문장이 없다(물론 어떤 문장들은 구술자가 다시 거두기를 원할 때도 있다). 어떤 말도 수정하지 말라고 요구하는 구술자도 있다. 그럴 때도 세상과 만나는 기록이 되려면 어떤 말들은 탈락될 수밖에 없다. 재구성된다.

『역사를 만드는 이야기: 일본군'위안부' 증언집 6』은 "여성들의 과거 경험과 현재의 시각들이 서로 엉켜져 있는 이야기들을 그대로 옮기기보다는 구술성과 가독성 사이의 어딘가에 선을 그어야 하는 불편한 결정"을 내렸다고 표현한다.[29] 다만 그것이 재구성된 말이기를 드러내기 위해 발췌한 문장들을 모두 큰따옴표(" ")로 묶어서 구분한다.

여기서 '가독성'이란 말은 무엇일까. 흩어져 있는 말들에 서사 구조를 갖춰 이해할 수 있는 형태로 타인에게 전달되도록 한다는 의미일 테다. 앞에서 보았듯이 자료를 조사해 구술자 개인의 생애에 사회역사적 맥락을 포개 삶의 입체성을 드러내는 것도, 여러 구술자의 삶을 그 고유성과 다층성을 강조하거나 문제의식을 강조해 배치하는 것도 결국 가독성과 직결되는 작업이다.

그런 필요와 의도에 따라 각각의 인터뷰를 배치할 순서를 잡고, 또 한 인터뷰 안에서는 글의 흐름을 구성한다. 그렇게 구조를 갖췄다면 각각의 글, 각각의 문단과 문장도 글의 목적, 주제에 맞게 써야 한다. 구술자의 말을 서사로 재구성할 때는 대화에서 말해진 문장 순서를 조정하고 때로는 구술자가 사용한 단어나 표현들을 고친다.

말을 고치는 데 필요한 원칙

그렇다면 그것은 왜곡이 아닌가 물을 사람도 있을 것이다. 누군가는 토씨 하나도 고치지 않고, 심지어는 틀린 단어를 쓴 표현도 그대로 놔두는 것이 진실한 기록이라고 생각할 수 있다. 그러나 나는 생각이 다르다.

문맥에 맞춰 정확한 접속사로 고치고, 잘못 말해진 단어들을 원래 하려던 의도에 맞게 고쳐 넣는 것이 왜곡이라고 생각하지는 않는다. 이 또한 말의 본질을 잘 전달하려는 노력이다. 말을 이어 붙이고 순서를 조정하는 것 또한 마찬가지다. 대화를 문자로 옮겨서 보면 현장에서 내가 느낀 분위기와 감정이 잘 살아나지 않는다고 느낄 때가 많다. 앞서 녹취록 파트에서 언급한 것처럼 말이 문자로 옮겨지는 순간 많은 것이 사라지기 때문이다. 흩어져 있는 말들의 관계를 찾아 엮을 때 말하는 사람이 전하려는 이야기의 본질과 감정의 파고가 오히려 더 잘 전달될 때가 있다.

또 말은 불완전한 문장인 경우가 많다. 그 말을 이해하는 데 필요한 정보들이 생략된 경우도 많다. 기록자는 여러 맥락을 알고 들으니 실제 대화 중에는 구술자가 대충 말해도 잘 알아듣는다. 그러나 글은 그렇지 않다. 하물며 독자에게 그만큼의 사전 이해를 기대할 수 없다. 문장에 빠져 있는 요소와 맥락을 채워주지 않으면 알아들을 수 없는 이야기가 되고 만다.

물론 문장과 문장, 장면과 장면 사이의 인과관계와 논리를 구축하는 것은 아주 신중하게 접근해야 한다. 말은 말하는 사람이 주도권을 가진다. 글은 쓰는 사람이 주도권을 가진다. 그렇다고 기록이 기록자 마음대로라는 뜻은 아니다. 인권기록은 공정한 기록, 구술자와 권한을 나누는 평등한 기록을 지향한다. 그것은 공정하고 공평한 기록자란 존재하지 않는다는 점을 인정하는 데서 출발한다. 기록자는 편향된다. 살아 있는 사람이기 때문이다. 기록자는 내 이야기가 아니라 타인의 이야기를 쓰는 일의 무게를 매 순간 느껴야 한다.

문장의 수정은 꼭 필요한 부분만 최소한으로 해야 한다. 그가 쓰지 않을 단어와 말투를 덧대지 않는다. 이 "불편한 결정"을 어느 선에서 내릴지는 기록자들이 고민하고 합의해야 할 문제다.

가령 『수신확인, 차별이 내로 왔다』는 인권기록에 대해 말할 때 중요하게 언급해야 할 작품이다. 이 책의 기록자들은 녹취록을 분석하면서 자신들이 기록 과정에서 보고 느낀 것이 구술자의 말만으로는 전부 드러나지 않는다는 문제의식을 느꼈다. 그의 이야기를 특정한 정체성 문제로 환원해서 읽어버리곤 했기 때문이다. 삶의 주요 공간이나 생애 경험을 기준으로 분류해 다양한 이야기를 모아보는 방식도 검토했으나, 이 경우 구체적인 '피해'를 통해서만 차별을 이해하게 되고 맥락을 이해하지 못하는 사람들에게는 실재하는 차별이 차별로 여겨지지 않는다는 한계가 있었다.

기록자들은 구술자의 이야기에서 자신이 느끼고 깨닫게 된 것과 가장 근접하게 독자에게 전달할 이야기 방식을 고민했다. 그 결과 '민족지학적 허구(ethnographicfiction)'라는 개념을 제시했다. 민족지학(ethnography)은 참여관찰을 통해 보고 들은 것을 '그대로' 기록하는 것이며, 가장 객관적인 글쓰기라는 믿음이 한동안 지배적이었다. 그러나 "그 어떤 참여관찰도 순수하게 객관적일 수 없으며, 민족지학적 글쓰기 또한 문화적 글쓰기로서 허구적 속성을 지닐 수밖에 없다는 비판적 성찰에 직면하게 된다."[30] 개입과 판단 없는 글쓰기는 없다는 성찰에서 시도된 글쓰기가 '민족지학적 허구'다.『수신확인, 차별이 내게로 왔다』의 기록자들은 구술자의 말을 재구성하면서도 기록자가 느낀 감정과 인상, 해석을 적극적으로 그 안에 녹였다. 그것이야말로 오히려 현실에 근접한 기록이 된다고 보았다.

기준을 찾는 일은 외줄 타기를 하는 것과 같이 신중해야 한다. 그리고 이 과정은 구술자와 공유해야 한다. 그의 이름을 걸고 나올 글이기 때문이다. 설령 가명을 쓰더라도 우리는 이 과정을 소홀히 하지 않으려고 애쓴다. 쓰는 이는 자신의 의도와 말한 이의 의도가 엇갈리는 지점을 정확히 보아야 한다. 엇갈리는 지점에서는 기록자의 존재를 뚜렷이 드러내야 한다. 구술자가 쓴 단어와 문장은 그가 말한 맥락 그대로 배치되어야 한다(우리가 만난 구술자들 중에는 언론을 경계하는 이들이 많았다. 한 시간 넘도록 맥락을 설명했는데 정작 기사에는 '가장 센 사례'만 나가거나 자기 말이 다른 맥락으로 배치된 경험이 있어서다).

사람을 믿는 것만큼이나 시스템을 마련하는 일이 중요하다. 우리는 장치를 하나 마련해두었다. 구술자와 '구술활용출판동의서'를 쓴다.(233쪽 참조) 어쩐지 법적 분쟁을 방지하기 위한 냄새를 풍기는 이름을 달아놨지만 이 동의서를 구술자에게 내미는 목적은 구술자의 권한을 문서로 명시해 구술자와 기록자 모두가 확인하는 데 있다. 구술자가 이야기의 주체로서 기록을 같이 만드는 협력자라는 것, 자기 서사에 대한 통제 권한이 구술자에게 있음을 서로에게 일깨우는 것이다. 완성된 글을 구술자에게 보여주고 의견을 교환하면서 오차의 가능성을 줄이는 것은 물론이다. 우리의 가장 첫 독자는 언제나 구술자이므로 우리는 늘 긴장하고 쓰게 된다.

잘 고치는 것이 잘 살리는 길

가독성이라는 문제를 논할 때 지역 언어를 어떻게 다룰 것인가 하는 이야기도 빼놓을 수 없다. 『밀양을 살다』는 경상도 지역 언어를 쓰는 구술자들의 말을 기록했다. 지역 언어가 우리 사회에서 가지는 여러 의미가 있으므로 그걸 '매끈한' 표준어로 옮기는 것은 구술자의 삶의 아주 중요한 부분을 지우는 것이나 마찬가지다. 또 지역 언어의 멜로디와 리듬이 듣는 (읽는) 이의 감정에 쓰는 어떤 이야기들이 있다. 그러나 『밀양을 살다』의 기록자들은 사안의 시급성과 전파력 또한 고려해야 했다. 지역 언어의 느낌을 최대한 살리면서도 경상도 지역 언어에 익숙하지 않은 이들에게도 전달의 폭이 넓어질 지점을 찾으며 표현을 조금씩 고치기로 했다. 뜻이 통하기 어려운 단어는 괄호 안에 표준어로 통용되는 단어를 넣었다.

지역 언어뿐만 아니라 계급이나 특정한 정체성을 드러내는 말들 또한 그렇다. 말을 글로 옮겨보면 특정 언어 표현에 대한 우리 사회의 통념, 편견을 확인하기도 한다. 가령 코미디 프로그램에서 희화화된 이주노동자의 언어 표현이 있다. 이것은 '노동자'라는 계급적 정체성에 대한 비하에 어눌한 말투, 불완전한 문장으로 말하는 사람에 대한 편견이 합쳐진 것이다. 이러한 언어 표현을 하는 사람은 학식이 낮고 지적인 능력이 떨어질 것이라 여겨진다.

자기 나라에서는 대학까지 공부했고 한국에서 다양한 예술 활동을 해온 이주노동자의 녹취록을 만들면서, 능숙하지만 어딘가 어색한 그의 한국어를 어떻게 표현할지 고민이 들었다. 그가 영어나 모국어로 말했다면, 그래서 번역을 거쳤다면 나는 큰 고민 없이 표준어법에 맞게 그의 말을 옮겼을 것이다. 그러나 그는 나와 '한국어'로 대화로 나눴다. 이 선택은 중요한 맥락이다. 그의 주 거주지는 한국이고 일상에서 가장 많이 쓰는 말도 한국어다. 나는 말에 담긴 내용을 매끄럽게 전달하는 길을 택할 수도 있지만, 구술자의 경계인으로서의 정체성을 더욱 드러내는 편을 택하기로 했다.

'이주노동자와 한국어'를 주제로 그와 이야기를 더 나누었다. 말이라는 건 물리적인 공간보다 어떤 사회적 관계에 노출되느냐에 크게 영향 받는다. 한국에 와서 일터 바깥으로 벗어나기 어렵고, 장시간 노동에 시달리며, 다양한 사람들과의 접촉이 어려운 이주노동자가 한국어에 빠르게 능숙해지기는 어렵다. 그는 한국에 와서도 한국 드라마로 말을 배웠다고 말했다. 그가 여느 이주노동자와 달리 한국어에 능숙해진 건 다양한 사회적 관계를 형성했기 때문이다. 두 나라를 오가면서도 한국이 자신이 있을 곳으로 여겨지는 이유다. 그래서 그는 한국에 있고 싶어 하는 이주노동자들이 다양한 사회적 관계와 연결될 수 있도록 플랫폼의 역할을 하고 싶어 한다. 이러한 맥락을 함께 제시하면서 그의 말에서 경계인으로서의 정체성이 드러나는 표현들은 그대로 살리기로 했다.

탈시설 장애인들의 이야기 『나, 함께 산다』에서 저자는 뇌병변으로 심한 언어장애가 있는 구술자의 말을 '들리는 그대로'가 아니라 '말한 내용' 그대로 옮겨 썼다. 전신 경련과 근육의 뒤틀림으로 한 마디 한 마디가 어렵게 나오는 말임을 기록자의 말로 밝혔지만, 그 장애 자체를 강조하지는 않았다. 신체장애로 말을 얼마나 더듬거리는지를 비장애인중심의 사회는 큰 문제처럼 여기지만, 사실 중요한 문제가 아니기 때문이다.

말을 어떻게 고칠까 하는 문제에 절대적 원칙은 없다. 언제나 중요한 것은 상황과 맥락이다.

마지막까지 확인해야 할 것들

구술자에게 내용 확인 받기

동료들과 수차례 회의를 거쳐 초고를 완성하고 나면 구술자에게 보낸다. 원고를 확인받는 방법은 여러 가지가 있다. 보통은 이메일로 원고를 보낸 뒤에 직접 만나거나 전화로 이야기를 나눈다. 거리가 먼데 컴퓨터 사용이 익숙하지 않은 구술자라면 원고를 출력해 우편으로 보낸다. 전문을 전화로, 아니면 직접 만나서 읽어줘야 할 때도 있다.

고통스러운 경험을 구술한 경우라면 그 기록을 읽는 과정이 구술자에게 또다시 고통스러운 시간이 되기도 한다. 이런 경우를 포함해 여러 사정으로 원고를 읽고 답을 주기까지 시간이 오래 걸릴 수도 있다. 그러니 원고 검토를 요청할 때 구술자에게 충분한 시간을 주어야 한다는 점을 꼭 염두에 두자. 한 번은 자신이 괴로워한다는 사실을 들키고 싶지 않아서 원고를 읽지 않고도 읽었다고 답을 준 구술자도 있었다. 그 사실을 책이 나오고 한참 뒤에야 알게 되었을 때 얼굴이 화끈했다. 그런 가능성을 상상해보지 못한 나의 무지가 부끄러웠다. 그가 자기 고통보다 나를 더 헤아렸다는 사실에 마음이 아팠다. 그 후에는 정말 아픈 이야기를 기록해야 할 때면 구술자에게 먼저 말을 한다. 읽기 어렵다면 그렇게 말해주셔도 괜찮다고. 억지로 읽지 않으셔도 된다고. 기록이 나오는 것보다 중요한 건 당신의 지금 마음이라고.

구술자들은 원고를 읽고 난 후 다양한 의견을 준다. 고쳐 쓰기 과정은 구술자에게 자기 말의 사실관계를 점검하게 하는 시간이기도 하다. 말할 때 오류가 있었던 부분을 구술자 스스로 정정하기도 하고, 어떤 부분은 기록자가 구술자에게 확인을 요청하기도 한다. 구술자는 말할 때 아쉬웠던 부분에 새로운 말을 덧붙이거나, 어떤 부분은 삭제해달라고 요구한다. 기록자가 보았을 때 중요한 내용이라도 구술자가 글에서 빼기 원할 때가 있다. 막상 글이 된 것을 보니 공개하기 꺼려질 수도 있고, 구술자를 둘러싼 상황이 인터뷰 때와 달라졌을 수도 있다. 어떤 이유로 수정이나 삭제를 원하게 된 건지 확인할 필요가 있다.

『전쟁은 여자의 얼굴을 하지 않았다』로 노벨문학상을 수상한 스베틀라나 알렉시예비치는 한 기록에서 "총도 쏠 줄 모르던 아들이 돈에 매수돼 참전했다 죽은 이야기"를 그에게 들려주며 "진실을 알리고 싶다"던 한 여성의 목소리를 담았다. 그는 책을 본 후 "나는 내 아들이 살인자가 아닌 영웅으로 알려지길 원했다"며 알렉시예비치를 고소했다.[31]

알렉시예비치가 동의를 구하지 않은 것인지, 구술자의 마음이 나중에 변한 것인지는 확인할 수는 없다. 다만 두 사람이 말하고 싶은 '진실'이 달랐다. 구술자로서는 원하지 않는 맥락으로 자기 이야기가 배치된 것에 화가 날 수 있다. 우리 활동에서는 이 과정이 출간 전 구술자에게 원고를 확인하는 과정에서 일어날 수 있다. 그럴 때 어떤 태도를 취해야 할까?

인권기록의 태도라면 먼저 기록의 의미를 설명하고 이해를 구해보고자 할 것이다. 물론 설득은 쉽지 않다. 한 사람의 생각은 복잡한 맥락과 상황이 얽힌 역사 속에 만들어지기 때문이다. 최대한 대화를 나눠본 뒤에도 구술자의 생각이 변함없다면 그의 이야기를 기록물에 넣겠다고 끝까지 고집할 수는 없다. 이야기는 그의 것이기 때문이다.

때로는 대화하는 과정에서 구술자가 다른 생각을 받아들이기도 하고 불안과 두려움을 내려놓게 되기도 한다. 한번은 인터뷰 기사를 온라인으로 발행한 적이 있는데 확인을 거쳤음에도 불구하고 인터뷰이가 몇 번에 걸쳐 각기 다른 내용을 수정해달라고 요구한 적이 있다. 발행된 기사를 주변 '어르신'들이 보고 그에게 연락해 꼬치꼬치 참견한 것이다. 자율성을 침해하는 부당한 위계관계는 인터뷰이에게 평소에도 스트레스로 작용했다. 인터뷰이의 말로 요청되었다고 해도 그것은 인터뷰이의 진의라고 볼 수 없다. 그럴 때 기록자는 인터뷰이가 하고 싶은 말을 할 수 있도록 힘을 보태는 편이 낫다. 그러니 되도록 용기를 가져보고 신중하고 솔직하게 대화해보길 바란다.

인권기록활동에서 고쳐 쓰기 과정에는 동료들의 의견에 귀를 여는 일도 필요하다. 함께 한 권의 책을 만들기 때문이다. 어떤 부분을 보완해야 한다거나 고쳐야 한다는 말을 듣는 건 어쩔 수 없이 좀 민망한 일이다. 그럼에도 이 과정이 즐거울 수 있는 건 서로에 대한 신뢰가 있기 때문이다. 이 기록을 사유화하지 않고 모두의 기록으로 만들려는 태도로 함께하고 있음을 오랜 시간에 걸쳐 확인했기 때문이다. 동료들은 이 글을 다른 시점에서 볼 수 있다. 내가 보지 못한 부분을 짚어줄 것이다. 함께 쓰기의 과정은 동료들이 쌓아온 경험과 지식을 내게 나누는 일이다. 나 또한 그러한 동료가 되고자 한다.

이름을 밝히는 일은 신중해야 한다

자신을 드러내고 싶지 않거나 드러낼 수 없을 때 구술자는 가명 사용을 요청한다. 이 경우 기록된 글 안에 개인을 추측할 수 있는 정보가 드러나지 않도록 신경 쓰는 일도 필요하다. 실명/가명 사용 문제는 구술 당사자뿐만 아니라 그가 말한 이야기에 등장하는 인물, 회사 같은 단체 이름을 어떻게 표기할 것인가 하는 문제도 포함한다. 사회적 고발을 위해 이름을 의도적으로 드러내는 경우가 아니라면 법적인 문제가 발생할 소지가 없는지 잘 판단해야 한다.

한편 공개되는 이야기이기 때문에 타인이나 집단에 대한 사실이나 평가가 글에 들어갈 때는 신중하게 관련 내용을 검토해야 한다. 예를 들어서 구술자가 익명으로 이야기해도 너무 구체적이어서 이야기가 누구를 가리키는지 특정될 수 있다면 어느 정도까지 내용을 드러낼지 판단해야 한다. 구술자의 말을 못 믿어서가 아니라 그 특정되는 대상들도 '사람'이라서다. 반론 기회를 부여하지 않았다면 이름만 가렸다고 해서 함부로 쓸 수 있는 것은 아니다.

물론 상대가 명명백백한 가해자일 경우에는 이야기가 달라진다. 예를 들어 형제복지원 피해생존자의 구술기록집을 펴내면서 우리는 가해자 박인근의 실명을 그대로 썼다. 사회적 고발의 성격이 있기 때문이다. 그러나 피해자이자 가해자인 복잡한 위치에 있는 중간관리자, 시설 안에서는 '소대장'이라고 불린 사람들의 이름을 그렇게 거론하기는 어렵다고 보고 논의 끝에 이들의 이름을 가명으로 처리했다.

원고에 대한 확인이 끝나면 구술자에게 '구술활용출판동의서'를 받는다. 이 문서를 쓰는 의미는 앞에서 언급했다. 다음은 『금요일엔 돌아오렴』을 기록할 때 사용된 '구술 내용 공개 및 활용 동의서'다. 『밀양을 살다』를 만들면서 사용된 동의서를 바탕으로 '최종 원고 확인'과 '출간 후 수정은 출판물 특성상 재쇄에서 반영할 수 있다'는 조항을 추가했다. 구술자가 별도로 요청한 사항이 있는 경우에도 동의서에 자필로 추가할 수 있도록 명시해두었다.

구술 내용 출간 및 활용 동의서

소중한 시간을 내어 인터뷰에 응해주신 점 깊이 감사드립니다. '416 세월호 참사 작가기록단'에서는 구술자의 귀한 증언을 책으로 엮어 4·16 참사의 진실을 기록하고 사회에 알리고 전하고자 합니다.

1. 구술자님의 인터뷰 내용을 기록, 정리하여 책자로 출간할 예정입니다. 이에 대한 동의 여부를 확인해주세요. (동의 □, 부동의 □)

2. 책 출간 시 실명으로 기재하는 것에 대한 동의 여부를 확인해주세요. (동의 □, 부동의 □)
   책에 가족 이름이 명시되었을 경우, 이를 실명으로 기재하는 것에 대한 동의 여부를 확인해주세요. (동의 □, 부동의 □, 해당 없음 □)
   더불어 책에 친구의 이름이 명시되었을 경우, 이를 실명으로 기재하는 것에 대한 동의 여부를 확인해주세요. (동의 □, 부동의 □, 해당 없음 □)

3. 책에 수록될 원고를 받고 충분히 내용을 검토, 확인하셨는지 확인해주세요. (확인 □, 미확인 □).
   책 출간 이후의 원고 수정은 작가단과 충분한 협의 하에 결정하며 출판물의 특성을 고려하여 다음 쇄의 제작 때 반영할 수 있습니다. (동의 □, 부동의 □)

4. 확인하신 원고는 책 출간 및 홍보를 위한 목적으로만 사용되며, 다른 용도로 사용 시(책 인용은 제외) 사안마다 재동의 과정을 거칠 것입니다. (확인 □, 미확인 □)

5. 구술자 기타 의견 및 요청사항

위 기재 내용이 사실임을 확인합니다.

2016년 월 일

구술자 성명 :　　　　(인)

면담자 성명 :　　　　(인)

416 세월호 참사 작가기록단

『금요일엔 돌아오렴』 구술 동의서 양식

함께 쓰는 일의 힘, 동료의 힘

기록자는 무진 애를 쓰지만 언제나 기대한 대로만 글이 흘러가지는 않는다. 쓸 때보다 쓰고 난 뒤가 더 고통일 때도 있고, 어떤 글은 다시 열어보기까지 아주 오랜 시간 덮어두기도 한다. 기록하는 당신에게는 때때로 자괴감과 무력감과 무기력이 찾아올 것이다. 괜찮다. 이게 아니다 싶을 때가 온다는 건 당신이 고민하는 사람이라는 증거다. 완벽한 답을 쓸 수는 없지만, 계속 쓸 수는 있다. 충분히 곱씹은 실패는 이정표가 될 것이다. 그때 당신에게 필요한 것은 포기가 아니라 마음을 나눌 동료다. 쓰기의 고통을 헤아리고 계속 쓰기를 격려해주는 사람들이 당신 곁에 있기를 바란다. 당신이 누군가에게 그런 동료가 되어주기를 바란다.

주석

1 인권기록활동의 3원칙은 인권교육 원칙을 기록의 내용으로 재구성한 것이다. 인권
   교육센터 들, 『인권교육 새로고침』, 교육공동체벗, 2018, 173쪽.

2 정은정, "치킨으로 펼쳐 본 사람과 사회", 『질적연구자 좌충우돌기』, 한울아카데미,
   2018, 211쪽.

3 이재경 외, 『여성주의 역사쓰기: 구술사 연구방법』, 아르케, 2012, 14쪽.

4 같은 책, 39쪽.

5 연극 2020 세월호: 극장들, 『기록의 기술』 중 416세월호참사 작가기록단 유해정 인
   터뷰 내용.

6 강곤 외, 『여기 사람이 있다』, 삶이보이는창, 2009, 7쪽.

7 거다 러너, 김인성 옮김, 『역사 속의 페미니스트』, 평민사, 1998, 351쪽.

8 같은 책, 400쪽.

9 메모리[人]서울프로젝트 기억수집가, 서울문화재단 기획, 『재난을 묻다』, 동아시
   아, 2016, 275쪽.

10 은방울자매가 부른 가요 〈밤 항구 연락선〉에는 "쌍고동에 허공 실어 침몰된 남영
   호야"라는 가사가 있다. "숨쉬는 것조차 눈치를 봐야 했던 시절의 비극—남영호
   침몰참사", 416세월호참사 작가기록단, 『재난을 묻다』, 서해문집, 2017, 52쪽.

11 오혜진, 『지극히 문학적인 취향』, 오월의봄, 2019, 564-565쪽.

12 박희정 외, 『나는 숨지 않는다』, 한겨레출판, 2020, 5쪽.

13 같은 책, 9쪽.

14 김은정, "보다 나은 질적 연구 방법 모색기: 근거이론 연구 수행의 실패와 갈등 경
   험을 중심으로", 「문화와 사회」 26(3): 289쪽.

15 정율, "40-60대 남성 동성애자 HIV/AIDS 감염인 생애사 인터뷰 구술경험과 고 민", 〈인권기록활동네트워크 '소리' 공개워크숍 자료집〉, 2015.

16 유해정, 「세상을 두드리는 사람」, 2011, 19쪽.

17 엄기호, 『고통은 나눌 수 있는가』, 나무연필, 2018.

18 김미혜, "가족에게도 못 다한 이야기, '선감도 소년들'의 수십년 묵은 원통함을 듣 다", 〈비마이너〉, 2018. 2. 21.

19 디디에 파생·리샤르 레스만, 최보문 옮김, 『트라우마의 제국』, 바다출판사, 2016, 47쪽.

20 홍은전, "잃어버린 13년, 그게 내 인생의 전부예요", 형제복지원구술프로젝트팀, 『숫자가 된 사람들』, 오월의봄, 2014, 17-18쪽.

21 아마미야 마미·기시 마사히코, 나희영 옮김, 『보통의 행복』, 포도밭출판사, 2018, 152쪽

22 오카 마리, 김병구 옮김, 『기억 서사』, 소명출판사, 2004, 6-7쪽.

23 반다, 「장애운동과 기록 토크쇼를 준비하며」, '장애운동과 기록 토크쇼—기록의 후예들', 14회 서울장애인인권영화제 부대행사 자료집, 2016, 2-3쪽.

24 본 연구는 5·18민주화운동 진상규명조사위원회가 발주해 경상국립대 산학협력 단이 2020년 10월부터 2021년 5월까지 수행했다.

25 최현숙, 『할배의 탄생』, 이매진, 2016, 37쪽.

26 한국정신대문제대책협의회, 『역사를 만드는 이야기: 일본군위안부 여성들의 경 험과 기억, 일본군위안부 증언집6』, 여성과인권, 2004. 동북아역사넷 사이트에서 전문을 볼 수 있다(contents.nahf.or.kr/iswjViewer/item.do)

27 홍은전, 『짐을 끄는 짐승들』 추천사, 수나우라 테일러·이마즈 유리, 장한길 옮김, 오월의봄, 2020, 20쪽.

28 정희진, "정희진의 낯선 사이—쉬운 글이 불편한 이유", 〈경향신문〉, 2013. 2. 14.

29 한국정신대문제대책협의회, 같은 책.

30 김영옥, 『수신확인, 차별이 내게로 왔다』 추천사, 인권운동사랑방 엮음, 오월의봄, 2013, 8쪽.

31 이세아, "한국은 남성사회…더 많은 여성이 권력 진출하면 전쟁 없을 것", 〈여성신 문〉, 2017. 5. 19.

국가폭력

밀양을 살다 밀양구술프로젝트 지음, 오월의봄, 2014

2013년 말 기록노동자, 작가, 인권활동가, 여성학자 등이 '밀양구술프로젝트'라는 이름으로 모여 밀양 송전탑 건설에 반대하는 주민 17명을 기록해 담았다. 당시 한국전력과 공권력의 행정대집행에 연대하고자 하는 마음으로 시작된 이 구술프로젝트는 밀양에서 살고 있는 그리고 밀양에서 계속 살아가고자 하는 이들에 대한 '아주' '편파적'인 기록을 표방했다.

숫자가 된 사람들 형제복지원구술프로젝트 지음, 오월의봄, 2015
아무도 내게 꿈을 묻지 않았다 홍은전 외 지음, 오월의봄, 2019

우리나라에는 '부랑자'를 보호하고 교화한다는 수용시설이 상당 기간 존재했다. 시설에 잡혀간 이들은 강제 노역과 끔찍한 폭력에 시달렸다. 형제복지원은 그 대표적 사례다. 선감학원은 그러한 시설 중 '부랑아동'에 특화된 시설이었다. 국가는 가난하고 더러워 보이는 이들을 거리에서 청소해도 된다는 생각을 용인했고, 부랑인과 비부랑인의 구분을 통해 이 사회가 안전한 곳이라는 환상을 심어주었다. 그것은 통치 전략이기도 했다. 피해자들은 시설의 문이 닫힌 뒤 오랜 세월이 지나서 국가의 사과를 받기 위한 싸움을 시작했다. 그 외침에 인권활동가들이 기록으로 응답했다.

말의 세계에 감금된 것들 홍세미·이호연·유해정·박희정·강곤 지음, 한겨레출판, 2020

'국가보안법을 박물관으로'라는 시민운동을 준비하면서 국가보안법이 폐지되어 국가보안법 박물관이 만들어진다면, 국가보안법과 관련된 목소리들을 기록하고 보존해야 한다는 문제의식에서 출발한 책이다. 국가보안법 70여 년 역사에서 여성의 삶은 주변화되어 있다는 성찰에서 다양한 위치에서 국가보안법을 경험해야 했던 여성 11명의 목소리를 담았다.

재난

1995년 서울, 삼풍 메모리[人]서울프로젝트 기억수집가 지음, 서울문화재단 기획, 동아시아, 2016

삼풍백화점 붕괴 참사 25주년을 맞아 서울문화재단이 기획, 발간한 책이다. 서울문화재단이 육성한 '기억수집가' 5명이 약 10개월 동안 삼풍백화점 관련자 108명을 인터뷰하고 이 중 59명의 구술을 정리해 기록했다.

금요일엔 돌아오렴 4·16세월호참사 작가기록단 엮음, 창비, 2015

4·16세월호참사 작가기록단의 첫 책으로 세월호 참사 1주기에 출간됐다. 단원고 희생 학생들의 부모 13명의 목소리로 기존의 언론 매체가 보도하지 못한 유가족들의 고통과 투쟁의 구체적 맥락을 밝혔다.

다시 봄이 올거예요 4·16세월호참사 작가기록단 지음, 창비, 2016

『금요일엔 돌아오렴』에 이어 세월호 참사 2주기에 출간된 4·16세월호참사 작가기록단의 두 번째 책. 참사 생존 학생들과 희생 학생의 형제자매들 중 청소년의 목소리를 담았다. 이 책은 세월호 참사 피해자 안의 차이를 주목했다. 고통을 말할 권리가 평등하지 않은 사회적 구조를 짚어내며 청소년의 목소리로 세월호 참사에 대해 말한다.

그날이 우리의 창을 두드렸다 4·16세월호참사 작가기록단 지음, 창비, 2019

'세월호의 시간을 건너는 가족들의 육성기록'이라는 부제가 달린 책으로 세월호 참사 유가족이 겪은 5년의 경험과 감정을 기록해 세월호 참사를 둘러싼 기억과 고통, 권력의 작동 문제를 파헤쳤다. 4·16세월호참사 작가기록단이 펴낸 네 번째 책이다.

재난을 묻다 4·16세월호참사 작가기록단 지음, 서해문집, 2017

4·16세월호참사 작가기록단이 기획한 책으로 세월호 참사에 대한 기록을 통해 국내에 진상 규명과 재발 방지대책 이행, 책임자 처벌이 제대로 되지 않은 수많은 재난참사가 있었다는 사실에 대한 성찰로부터 시작했다. 남영호 침몰 참사, 화성씨랜드청소년 수련의집 화재 참사, 대구지하철 화재 참사, 춘천 봉사활동 산사태 참사, 여수국가산단 대림산업 폭발 참사, 태안 해병대캠프 참사, 장성 효사랑요양병원 화재 참사 등 7개 재난참사 피해자와 유족들의 증언을 토대로 사건을 재구성하고, 참사의 구조적 원인을 밝혀내고자 시도했다.

장애

나를 위한다고 말하지 마 장애와인권발바닥행동 기획, 삶창, 2013

탈시설운동을 주도해온 장애와인권발바닥행동이 '장애인이 시설에서 사는 것은 당연하다'는 인식과 관행에 균열을 내기 위해 기획했다. 인권활동가, 르포작가 등이 장애인시설이라는 멈춰진 공간 안에서 자유를 갈망해온 9명의 '탈시설' 당사자를 만나 인터뷰해 기록했다. 책에는 '복지'라는 미명하에 시설에 갇힌 인생을 보내야 했던 사람들이 이들을 받아줄 사회적 기반이 전혀 없던 시절부터 '감히' 자유를 꿈꾼, 그래서 더욱 고통스러웠던 생존의 기록이 담겼다.

나를 보라, 있는 그대로 송효정·박희정·유해정·홍세미·홍은전 지음, 온다프레스, 2018

인권기록활동가들이 중증 화상사고를 겪은 일곱 사람을 만나 이들의 사고 당시의 기억, 치료 과정 그리고 그 뒤의 일상을 돌아본 인터뷰집. 거대한 재난을 거쳐 수십 일간 무의식 속에서 고군분투한 이의 표류기이자 우리 사회 의료복지 시스템의 맹점을 고발하는 르포르타주이기도 하다.

노동

그의 슬픔과 기쁨 정혜윤 지음, 후마니타스, 2014

CBS 라디오 PD이자 작가인 정혜윤이 쌍용자동차 해고노동자들 중 '선도투'라고 불린 26명을 인터뷰해 기록한 책이다. '사회적 재난'이라고 일컬을 만한 쌍용자동차 사태가 노동자와 가족들에게 미친 영향뿐만 아니라 투쟁을 선택한 사람들의 마음의 지도를 드러낸다.

나, 조선소 노동자 마창거제 산재추방운동연합 기획, 코난북스, 2019

삼성중공업 거제조선소 마틴링게 프로젝트 건조 현장에서 2017년 5월 1일 발생한 크레인 충돌, 추락 사고를 목격하고 트라우마를 안은 노동자 9명의 이야기를 담은 구술기록집이다. '배 만들던 사람들의 인생, 노동, 상처에 관한 이야기'라는 부제처럼 이 책은 '물량팀' '돌관'이라 불리며 일한 하청 노동자들의 조선소 노동에 대한 증언이자 조선소 노동자의 생애사이기도 하다. 삼성중공업 산재 피해자를 지원한 마창거제 산재추방운동연합이 기획, 추진했다.

퀴어는 당신 옆에서 일하고 있다 희정 지음, 오월의봄, 2019

노동에 관한 다양한 르포르타주를 써온 기록노동자 희정이 성소수자 노동자들을 인터뷰해 기록했다. 사무실, 카페, 학교, 학원, 콜센터, 공공기관, 시민단체 등 다양한 직종에 종사하는 이들은 사회와 불화하는 자신의 정체성을 숨기면서도 드러내고 싶어 하는 이중적 상태에 놓인다. 성별 이분법과 이성애 규범이 지배적인 일터에서 노동하고 살아가는 성소수자들의 이야기는 '성소수자들만의 노동'이 아닌 '지금 이 사회의 노동'의 실체를 섬세하고 단호하게 짚어낸다.

기록되지 않은 노동 여성노동자 글쓰기 모임 지음, 삶창, 2016

여성 노동자로 여성 노동에 대해 기록하려는 이들이 모인 '여성노동자 글쓰기 모임'의 첫 책. 13명의 필자가 여성 노동자 31명을 인터뷰했다. 남성-정규직-비장애인 노동의 반대편에 있는, 어디에도 '기록되지 않은' 소수자의 노동, 여성-비정규직-장애인 노동의 실상을 한 사람 한 사람의 목소리를 통해 밝힌다.

차별

수신확인, 차별이 내게로 왔다 인권운동사랑방 엮음, 오월의봄, 2013

이 책의 부제는 '평범하지 않지만 평범한 소수자들의 이야기'다. 구술자 9명의 이야기가 펼쳐지고 이에 공명하는 글 12편이 담겨 있다. 이 책은 사람들 사이에 존재하는 차별을 드러내고 차별에 맞서는 자리로 우리를 초대한다.

나는 숨지 않는다 박희정·유해정·이호연·인권기록센터 사이 지음, 한겨레출판, 2020

『수신확인, 차별이 내게로 왔다』와 마찬가지로 우리 사회 소수자들의 목소리를 통해 차별이 무엇인지 이해하게 하려는 목적에서 기획된 기록이다. 사회적 차별이 한 사람의 삶에 남긴 상처뿐만 아니라 구술자의 행위자로서의 측면에도 주목한다. '세상에 가려지기보다 세상을 바꾸기로한 11명'이라는 부제처럼 구술자들이 삶의 '주인'이 되기 위해 어떤 저항의 이야기를 써나갔는지를 중점적으로 담아냈다.

이주, 여성

아직 끝나지 않은 이야기 한국이주여성인권센터, 오월의봄, 2021

한국이주여성인권센터 조사팀은 2019년 한 해 동안 한국 남성과 국제결혼해 한국에서 살다가 여러 이유로 본국으로 돌아간 여성들의 이야기를 기록했다. 귀환이주여성뿐만 아니라 이주여성들의 안전과 재정착을 지원하기 위해 활동하는 현지 단체들도 찾아가 대화를 나누었다. 이주와 귀환의 복잡한 과정을 드러내고, 여성들의 이주와 귀환을 사회적 문제로 조명하며 한국 사회가 응답해야 할 문제들을 제시한다.

구술생애사와 글쓰기

지옥이 그만큼 친하가 날라나? 최현숙 지음, 이매진, 2013
막다른 골목이다 싶으면 다시 가느다란 길이 나왔어 최현숙 지음, 이매진, 2014
할배의 탄생 최현숙 지음, 이매진, 2016
할매의 탄생 최현숙 지음, 글항아리, 2019
억척의 기원 최현숙 지음, 글항아리, 2021

천주교 사회운동을 하다 정치에 뛰어든 뒤 한국 최초의 커밍아웃한 레즈비언 국회의원 후보가 된 최현숙은 요양보호사로 노인 돌봄노동을 하며 만난 노인들의 구술생애사를 기록하기 시작한다. "내가 진심으로 원하는 게 무엇인지에 충실하려" 애써온 삶에서 얻은 남다른 시선으로 가난한 노인들의 이야기를 기록하고 있다. 구술기록을 하려는 사람이라면 중요하게 참고해야 할 작업이다.

당신의 말을 내가 들었다 안미선 지음, 낮은산, 2020

다양한 여성들의 일과 삶을 꾸준히 기록해온 안미선 작가가 '여성이 여성의 말을 듣는다는 것'에 대해 쓴 책이다. 노크, 공간, 녹음, 말, 눈물, 침묵, 어긋남, 표정, 청중, 경계,

독백, 진실, 광장이라는 13개 키워드로 "말하고 듣는 자리"가 무엇이며, 이곳에서 어떤 일이 일어나는지를 섬세히 밝히고 있다. 타인의 세계에 귀 기울이고자 하는 사람들의 필독서다.

당신의 말이
역사가 되도록

구술을 어떻게 듣고, 기록할 것인가

1판 1쇄 발행 2021년 10월 20일

지은이	이호연 · 유해정 · 박희정
편집	이정규
디자인	이지선

발행처	코난북스
발행인	이정규
출판등록	2013년 9월 12일 (제2013-000275호)
주소	서울 마포구 모래내로1길 20 304호
전화	070-7620-0369
팩스	0505-330-1020
이메일	conanpress@gmail.com
홈페이지	conanbooks.com

ⓒ 이호연 · 유해정 · 박희정, 2021
ISBN 979-11-88605-22-4 03800
정가 15,000원